中公文庫

殺　意

サスペンス小説集

井上　靖

中央公論新社

目次

殺意

サスペンス小説集

殺意

その朝、小森とみ枝は新宿の安ホテルの一室で眼を覚ました。枕許に置いてある時計を見ると、丁度七時だった。戸外には雨の音がしている。とみ枝は腹這いになると、これも枕許に投げ出されてある男のシガレット・ケースから煙草を一本抜き出して口に銜《くわ》えた。

名倉はよく眠っていた。ぎらぎらと脂《あぶら》の浮いた顔を、上に向けて、胸のところで腕を組んでいる。腕っぷしの強いことを自慢するだけあって逞しい腕をしている。考えごとでもしているようなそんな寝姿がとみ枝にはやはり他の男性とは異ったある頼もしさで見えた。呼吸する度に、洗いざらしの浴衣からはだけている胸が大きく上下している。とみ枝は、男の左腕に重ねてある右の手指を撮《つま》んでみた。油の汚れが薄汚くしみついていて、五本の指先は皹《ひび》割れたように荒れている。

この指さえ見なければ、名倉は自動車の修理工には見えない。仲間から坊ちゃんという呼び名で呼ばれているらしいが、どこかに良家の息子といっても通りそうな整った顔を持っている。洋服や靴もどこで手に入れるのか、一応いつも新しいものを身につけている。

「何時だ」

突然名倉は眼を瞑《つむ》ったまま訊いた。

「七時よ」

そう答えると、まだ早いと思ったのか、名倉は腕組みしていた手をとみ枝の体の方へ伸ばすと、そのまままた寝息を立て始めた。とみ枝もそれに誘い入れられるようにやがて眠りに落ちて行った。

次に眼覚めた時は、名倉の方が起きて、腹這いになって煙草を喫《の》んでいた。

「金、持っていねえんだな」

名倉は開いたハンドバッグを覗き込みながら言っている。

「四千円あるわよ」

「これっぽっち」

不服そうな声を出したが、

「なんだ、これ？　おふくろからの手紙か」

それから四、五日前とみ枝のところへ来た母親からの手紙を読んでいるらしかったが、

やがて、

「中学生が修学旅行に来るんだって！　凄まじいだろうな」

そして、

「今日来るんだな」

とみ枝はまだ睡かったので、名倉の言葉を夢うつつに聞いていたが、最後の今日来るんだなという言葉で眼を見開いた。郷里の中学校の生徒が修学旅行で上京して来るのは今日であったかと思った。

「迎いに行くのか」

「行くもんですか」

「上野まで出迎えろと書いてあるじゃないか」

「嫌なこった！　大体、中学校の先生なんて、みんな嫌いだわ。叱られたことしかないもの」

「そりゃあ、叱るだろう。褒めたくても褒めようがないからな」

「むかしからこんなではなかった」

「俺のせいみたいなことを言うなよ」

とみ枝は雨の音を聞いていた。田舎の学校の修学旅行などにたいして関心は持っていないが、それでも折角来るのに雨では可哀そうだと思った。

暫《しばら》くすると、名倉はこんどは口調を改めて、ちょっとしんみりした調子で言った。

「すまないが、お願いがあるんだがな」

「いや、いや」

とみ枝は反射的に言った。ろくなことではないに決まっていた。

「聞くだけ聞いてくれよ」

「いや」

「邪険なんだな」

その言葉と一緒にとみ枝は名倉の腕で彼の方を向かせられた。

話というのは、現在勤めている酒場をやめて、新しい店へ住み替えて、給料の一ヵ月分を先借りして貸してくれというのであった。

「いま時、酒場で給料出すところなんてないわよ」

「ところがあるんだ。経営者は俺の昔から知っている男なんだが、それが美人を探しているんだ」

「じゃあ、ほんとに美人を探せばいい」

「ひねくれた言い方をするなよ」

「変な酒場じゃあない？」

「大丈夫」

その大丈夫が甚だ当にならないことはとみ枝が知っていた。しかし、とみ枝は結局は名倉の頼みを諾《き》くことになるであろう自分を感じていた。それに、とみ枝は、現在勤めている酒場に嫌気がさしていた。マダムのヒステリックな性格もやりきれなかった。

とみ枝は名倉のどこが好きだというわけではなかったが去年の暮知り合ってから、ずるずると彼に惹かれて関係を続けていた。実際に名倉は浅草方面の自動車会社に籍を置いており、手を油で汚くしているくらいだから、そこで仕事をしていることは事実らしかったが、それが彼の生活の全部ではなかった。あとは何をやっているか判らなかった。

勿論、とみ枝にとって、名倉は最初の男ではなかった。金ほしさに、酒場勤めの傍ら、外人にも、日本人にも十代の若い体を惜しげもなく許していたが、名倉と知り合ってからは、なんとなく素行を慎んで名倉だけを守っていた。貞節を守ることの楽しさのようなものを、名倉に依って初めて教えられたわけだった。愛情と言えば愛情と言ってもいいものかも知れなかった。

結局、二人の間でまとまった話は、夜の八時に、もう一度名倉と秋葉原の駅のホームで会うということであった。その時、名倉は彼の昔からの知り合いだという小岩の酒場の主人を連れて来て、そこで彼をとみ枝に引き合せるという段取りだった。

名倉ととみ枝が、ホテルを出たのは二時だった。出掛けに、

「借りて行くよ」

名倉は、とみ枝のハンドバッグに百円紙幣何枚か残してあとはみんな自分のポケットに収めた。

二人はホテルの前で別れた。曇っていたが、どうにか雨は歇《や》んでいた。

とみ枝はどうせやめるならと思って酒場は休むことにした。八時までの時間を費すために神田の映画館にはいった。

そこを出ると、街には灯がともり始めていた。まだ名倉と会う時間までには三時間もあった。

とみ枝が、自分の母校の修学旅行の一団を出迎えに上野駅へ行ってみようかという気持になったのはこの時であった。空腹を感じていたが、夕食は名倉と会ってから一緒に食べようと思ったので、そのままとみ枝は上野へ向った。

とみ枝が上野の盛り場をぶらぶらして、駅へ姿を現わしたのは、修学旅行の一団が乗って来る六時五十五分着の常磐線の列車が到着する一時間前だった。一応到着するホームの

改札口の傍まで行っておこうと思って、その方へ足を向けたが、とみ枝は途中ではっとして立ち停まった。自分の前をいそいそと足早に歩いて行く自分と同年配のずんぐりした少し猫背の和服の娘の姿を眼に留めたからである。時子に違いなかった。時子が自分と前後して上京した噂は郷里の母親からの手紙で知っていたが、会うのは初めてだった。

とみ枝も中学校の成績は決してよくはなかったが、時子ほどひどくはなかった。時子は成績が悪いばかりでなく、因循な性格で、教師から何を訊かれても、下を向いて、いつまでも執拗に黙って立っているようなところがあり、それは見ている者に一様に歯がゆい印象を与えたものである。

とみ枝は、成績も悪く、理由なくして教師から憎まれるようなところがあって、学校時代に一日として明るい楽しい日はなかったが、それでもいつも時子だけには優越を感じていた。時子に話し掛けると、いつも奇妙に心は慰められた。

しかし、いま、とみ枝は時子の背後《うしろ》姿を見かけて、いきなりこのままここから立ち去ってしまいたい衝動を感じた。声を掛けるのも嫌だったし、声を掛けられるのも嫌だった。やはり東京へ来てからの生活が、級友に会うと、とみ枝を卑屈にした。

時子は学校時代と何も変っていなかった。違っているところは、いそいそと歩いていることだけだが、それもよく見ると、田舎者が落着かないで、そこらをせかせかと歩いている感じで、決して見栄えのしたものではなかった。いかにも女中がたまに一人で自由に出歩いている感じだった。実際にまた彼女は女中勤めをしている筈だった。

「とみ枝さん」

　ふいに、とみ枝は背後から声を掛けられた。振り向くと金田文男が立っていた。

「あら」

「暫くでした」

中学卒業以来の対面であった。

「まだ大分時間がありますね」

彼は見違える程背丈が伸びて大人っぽくなっていた。無帽で坊主刈だったが、服は学生服を着ていた。この青年が上京していることはとみ枝は全然知らなかった。

「こっちに出ていたの？」

　とみ枝が訊くと、

「去年の秋に上京したんです」

言葉遣いのいやに丁寧なことと、彼が姿勢を真直ぐにして立っていることが、彼を全く中学時代の彼とは別人にしていた。

「どこに居るんです？」

「池袋。——変ったわ」

とみ枝が言うと、

「そうですか。僕変りましたか」

変ったと言われたことが嬉しそうであった。そして、昼は会社で働いて、夜は夜で学校へ行っているが、なかなか大変だ。しかし、それを自分は押し通すつもりだというようなことを、歯切れのいい口調で語った。

「向うへ行って待っていましょう」

金田文男は改札口の方へとみ枝を誘ったが、間もなく、おや、居る居ると、眉を上げて言った。

時子の姿を見附けたのかと思ったが、彼の見附けたのは時子ではなく、向井三郎だった。

金田が走って行く方を見ると、なるほど向井三郎がワイシャツ一枚の姿で、以前から持っているぼんやりした感じを、いまも身につけて立っていた。六月半ばを過ぎていたから、ワイシャツ一枚でもいいわけだったが、天候が悪いのでその向井の姿はひどく寒そうに、従ってまた貧相に見えた。向井三郎も上京していたのかと、とみ枝は思った。

とみ枝は金田文男に会わなかったら、この場から引き返したかも知れなかったが、会ってしまった以上、今更姿を消すわけにも行かなかった。

とみ枝は、金田や向井たちと一緒に列車が到着するまでの時間を過すのがやり切れない気がしたので、彼等の方へ背を向けると、人がひっきりなしに往来している広い出入口の方へ行き、いったん建物の外に出て、左手の方に曲った。正面は自動車が絶えず発着していて混雑を極めていたが、それから何程も離れていないのに、左手の一隅は全く人影のないひっそりした場所になっていた。そこに行ってとみ枝は立った。

十分程してとみ枝がまた正面の出入口の方へ姿を現わしてみると、遠くの方で金田があちこち見廻している姿が眼にはいって来た。彼の傍には、向井三郎と、時子のほかにもう一人娘の姿があった。

とみ枝と彼等の間を多勢の人間が往来していたので、その新しい娘が誰であるかはすぐにはとみ枝には見極めつかなかったが、やがて彼女が一級上の花田たけであることを知った。これも郷里の友達からの手紙で、彼女が東京へ出てパチンコや何かへ勤めているということをとみ枝は知っていた。笑い声は聞えなかったが、四人は明るく談笑している気配で、立っている体がどれも時折ゆらゆらと揺れているように見えた。

とみ枝はまた身を引っ込めた。その場へ出て行く気はしなかった。自分の体だけが彼等の前へ出せないものであるような気がした。また、いっそこのまま立ち去ってしまおうかという思いが新しく彼女を捉えたが、それとほぼ同じくらいの力で、別のものが彼女を引きとめていた。自分がその大方の顔を知っている百人余りの下級生と数人の教師たちが、いまこの駅へ向ってまっしぐらに近付きつつあると思うと、彼等を一眼に収めたい気持が、ここへ来るまでは思っても見なかった強い誘惑となって、彼女に働きかけていた。

とみ枝は結局列車の到着する十分程前までを級友たちの眼のとどかない場所で過した。そして時間が迫った時改札口の方へ行ったが、その時は彼女の知っている誰の顔もあたりには見えなかった。とみ枝はホームへは出て行くことはやめて、改札口のところに立っていた。そこで郷里の旧知の人たちの一団を迎えようと思った。

やがて列車が着いて、よくもこれだけ多くの乗客が乗っていたと思われる程多勢の人たちが吐き出されて来た。その一部がとみ枝の立っている改札口の方へも流れて来た。そして大方が出尽してしまって一番最後になってから、ひと眼でそれと判る特殊な郷土の匂いを身につけた男女の中学生たちが一団となってやって来た。先頭に立っている教師の顔は、遠くからもすぐ判った。教頭の山瀬に違いなかった。

その山瀬が真先きに改札口に来た時、とみ枝は、思わずその後に続く一団の方へ手を上げていた。次々に顔見知りの教師や生徒たちがとみ枝の前を通過した。どの教師にも可愛がられた記憶はなく、百余人の生徒たちにも取り分け親しい者がいるわけではなかったが、母校という形のない集合体への懐しさであった。とみ枝は口紅の濃い唇を半開きにして、妙に真剣なものを顔に走らせて、やたらに手を振った。

「よう、君か」

いきなりよろめくほど強く、とみ枝は正面から両手を肩に置かれた。その場に押えつけられそうな、そんな強い力だった。とみ枝の前には、彼女が一番嫌いだった西という大柄な教師が、以前と何も変らぬ意地悪い顔をして、ぎらぎらした眼でとみ枝の顔を覗き込むようにして立っていた。

とみ枝は本能的に身を翻そうとしたが、西は離さなかった。とみ枝の肩は続けさまに同じような暴力的な力で叩かれた。

「立派になったなあ。見違えちゃった。誰よりも一番立派になったじゃないか」

西は言った。それから、彼は少し離れた場所に居る教師たちの方へ、

「とみ枝が来ている。とみ枝が！」

と叫んだ。名前を呼び棄てにした乱暴な言い方だったが、その時、とみ枝は初めて、彼が、自分が出迎えたことを悦んでいるのであることを知った。

とみ枝の前に次々に何人かの教師がやって来た。とみ枝を一人前の人間に遇して丁寧な言葉で出迎えの礼を言う教師もいれば、以前と同じ乱暴な言葉遣いの教師もあったが、みんな口々にとみ枝に温かい言葉を掛けた。

気が付くと出迎えは出迎えでひと塊りになっていた。全部で十人居た。

みんなこの三、四年に卒業した者たちばかりで、古い卒業生らしい人の姿は見えなかった。

とみ枝もその出迎えの人たちの一団に加わった。

「どこへ行っていたんです。みんなでずいぶん探しましたよ」

と金田文男は言った。

この時、とみ枝は近くから初めて時子とたけの姿を眺めた。二人は野暮ったい服装をしていた。時子は口紅もつけていず、郷里の母のお古ででもあろうか、田舎でしか見られないような地味な古めかしい着物を着ていた。たけの方は口紅こそ塗っていたが、着ているワンピースはひと眼で判る安物で、ハンドバッグは玩具に等しいものだった。

とみ枝は自分がこの出迎えの一団の中で、ずば抜けてしゃれた服装をしていることを知った。立派になったという教師の西の言葉が、彼女から気おくれを取り除いて、そんな観察を周囲に下すだけの余裕を与えていた。

教師たちはひと塊りになって何か打合せていたが、やがて、教頭の山瀬がとみ枝たちの方へやって来て、宿から旅館の旗を持って出迎えに来ている筈だが、どうしたものか来ていない。神田の表通りの旅館だから探して行けばすぐ判るが、万一手違いで日でも間違えていて部屋がないと大変だから、教師の一人が先きに行ってみることにしようと思う。神田の方をよく知っている人に同行して貰いたいと言った。

出迎えの一団からは誰も特に自分が神田の地理に詳しいと名乗り出る者はなかった。

「わたし、大体知っています」

とみ枝は言った。彼女は上京以来神田の何軒かの酒場を転々としていた。神田はよく知っていた。

「ときわという大きい団体旅館だがね」

山瀬が言うと、

「ときわかどうか知りませんが、多分あそこだと思いますわ」

とみ枝はちょっと眼を細め、遠くを見る眼付きをしてみせた。いつか名倉からその表情が若い映画女優の一人に似ていると言われたので、それ以来彼女は半ば意識してそうした表情を取ることがあった。

とみ枝は杉尾という一番若い教師と一緒に、一団から離れて、電車で神田へ向った。

「やっぱり若い者は東京に住まんといけないね」

杉尾は電車の窓から見る東京の夜景に気圧されているらしく、何回もそんなことを言った。

「人間がまるで違ってしまう。貴女などどうしてそんなに変ったのかな」

その言葉には実感が籠められてあった。

「先生、そんなに変りました？」

とみ枝はこの若い教師に三つ指で額を小突かれたことがあったことを思い出しながら言った。

「変ったさ。ぴちぴちしている」

それから彼は、

「東京へ出ると、東京の水に合った者はみんな美しくなると言うが、貴女など東京の水に一番よく合ったんだね」

貴女と呼ばれたことが、とみ枝にはくすぐったかった。しかし、やはり嬉しくないことはなかった。とみ枝は教師と口をきいている気持ではなかった。落着いて何でも受け応えが出来た。

神田の宿は、とみ枝の考えていたところとは違っていたが、すぐ判った。出迎えが時計を見間違えて遅くなり、いまあわてて出掛けて行ったところだということだった。

とみ枝は杉尾と一緒にまた上野駅へ引き返した。上野駅へ引き返してみると、母校の一団には思いがけない出来事が出来《しゅったい》していた。生徒の一人が盲腸炎を起したらしく、烈しい腹痛を訴えていた。

「どこか信用できる病院を知らんかね。外科でないといけない。宿の出迎えに訊いたが頼りないんでね」

また教頭の山瀬がやって来て言った。こんども誰も返事をしなかった。

とみ枝は、何ヵ月か前に、名倉に連れられて池袋の病院にペニシリンを打ちに行ったことがあったのを思い出した。その時は何のためにそんな注射をするのか判らなかったが、あとで名倉が、その時性病にかかっていたためであることを知った。

その一回だけ行ったことのある綜合病院の茶褐色のリノリュウムの廊下と、彼女に淫らな冗談を言った気のおけない若い医師と、顔見知りの看護婦たちの顔が、とみ枝の眼に浮かんで来た。

その病院なら、頼めば無理をしても入院させて貰えそうな気がした。

「わたし、知っている病院があります。お医者さんも、看護婦さんもよく知っています」

とみ枝は言った。母校のために自分が役立つという思いが、彼女の眼を活き活きとさせていた。

「そりゃあ、いいな」

と、山瀬はとみ枝の顔を見入った。

「一体どこなんかね」

「池袋です」

とみ枝が答えると、

「遠いですね」

と、横から金田文男が口を差し挟んだ。金田の言う通りであった。誰が考えても、病人をわざわざ池袋まで連れて行くてはなかった。

ひとしきりいろいろな意見は出たが、まだ患者は腹痛を訴え始めたばかりで、寸刻を争うこともあるまいから、なるべくなら医師も看護婦も知っている人の居るところの方がいいという説が賛成されて、結局、病人はとみ枝の知っている病院へ連れて行かれることになった。

「何という病院かね。電話を掛けよう」

出迎えの一人が言ったが、とみ枝は全然病院の名前を覚えていなかった。

とみ枝はまた一団と別れて、教師の西と患者の少女と一緒に、駅前から自動車に乗った。

「すっかり、何もかも君の厄介になってすまんな。こんなことだったら、学校の時もっといい点を上げておけばよかったな」

自動車の中で、肥満した膝に女生徒の頭を載せている西はそんな冗談を言った。

「先生が一番怖かったです」

「怖かった⁉　そうかな」

「いつもひどい点をつけるんですもの」

「そりゃあいけなかった。全く見損った。しかし、それで君は奮起したかも知れんじゃあないか。結局はよかったんだよ、それで」

西は、とみ枝が出世でもしているようなことを言った。

「一体、どこへ勤めているの。保険会社とか聞いたが」

「はあ」

と、とみ枝は曖昧な返事をした。保険会社は、とみ枝が上京して初めて給仕として勤めたところだった。しかし、結局そこは半年も続かなかった。

池袋の病院に行ってみると、夜のこととて、とみ枝の知っている医師はいなかった。看護婦の一人は知っていたが、肝心の看護婦の方はとみ枝を覚えていなかった。しかし、幸い空いている病室があって、そこへ患者を入れることだけはできた。やはり盲腸炎だったが、手術は明日で心配ないということだった。

とみ枝は、もう遅くなるから引き取って貰いたいという西の言葉を押して、もう一度西を送って神田の旅館まで行った。

旅館の玄関の正面の時計を見ると、名倉と秋葉原で会う約束の時間を、五十分過ぎていた。

とみ枝は上へは上がらず玄関口で引き返すことにした。数人の教師たちがやって来て、口々にとみ枝に礼を言った。そうしている時友達の容態を心配していた女生徒たちが、がやがやと二十人ほど正面の階段から降りて来た。

「みんな、とみ枝さんにお礼を言いなさい」

西の言葉で、思い思いの服装をしている少女たちは、ありがとうと言ったり、頭を下げたりした。

とみ枝は生徒たちの幾つかの黄色い声を背に聞きながら旅館の玄関を跳び出した。鋪道に出たところで、とみ枝が振り返ってみると、教頭の山瀬がまだ一人立っていて、彼はまたとみ枝の方へ頭を下げた。とみ枝はこの時、自分が誰よりもいい母校と郷里を持ち、また、それに対して自分は誰よりも深い愛情を持っていることを感じた。

とみ枝は秋葉原駅の折れ曲って設けられてある幾つかの階段を次々に駆け登って行った。約束の時刻を一時間近くも過ぎていた。

あるいはもう名倉は帰ってしまったのではないかと思ったが、打ち合せておいた千葉からの電車が着くホームに登って行くと、とみ枝はすぐ名倉の姿を発見した。長身の名倉の姿が、かなり立て混んでいるホームの雑沓の中で、真先きに彼女の視野にはいって来た。とみ枝はホームに駈け上がったところで、いったん足を停めて、もう一度名倉の姿に眼を当てた。自分の周囲の何もかもが少し変っているような気がした。しかし、確かにそこに立って居るのは名倉であり、多勢の男女の群っているこの場所は、秋葉原駅以外のいかなる場所でもなかった。

とみ枝は名倉の方へ近寄って行った。名倉はちらっととみ枝の方を見ながら、憤っている表情で煙草を気障《きざ》っぽい身振りで線路の方へ飛ばした。

「おくれちゃったわ」

とみ枝が彼の前へ立って言うと、

「ちえっ、人を待たせる柄かい。鏡に相談して来いよ」

彼は言って、

「帰ったよ、もう。憤って帰ったよ」

嚙んで吐き棄てるような言い方をした。

「帰ったの？」

「当り前じゃないか」

それからすうっと手を伸ばし、彼はとみ枝の腕を掴み、

「時計どうしたんだ？」

と訊いた。

「修繕に出してあるの」

するといまいましそうに舌打ちして、

「なんの役にも立たねえ女なんだな」

それから名倉は、俺は帰るよと言うと、くるりと背を向けた。

その時、とみ枝は遠くにひろがっている江東地区一帯のネオンサインの海へ視線を投げていた。焦点のないとみ枝の眼に、赤や青の灯が一枚の筵《むしろ》のように濡れてつらなり、ともすればとみ枝はその中に引きずり込まれそうな気持に落ち込んでいた。

電車の近付いて来る轟音が、そんなとみ枝の体を押し包むように、次第に大きくなりつつ聞えていた。

「待って！」

とみ枝は名倉の方へ顔を向けた。

「なんだ？」

憎悪に燃えている名倉の眼が自分に注がれているのを、とみ枝は逆に見入っていた。

名倉が再び背を見せた時、とみ枝は突然その名倉の背に両手を当てると、恰《あたか》も重い物体でも押し出すように、両手に力を籠めて押した。

次の瞬間とみ枝は、名倉の体が両手と両足を拡げた不様な跳躍の姿勢で、ホームから線路上に舞うのを見た。それは丁度その時ホームへはいって来た電車の強い燭光の目玉をめがけて飛び付いて行くような恰好だった。

電車の急停車する響きと、何人かの人間の叫声と、それから扉が開く音を、とみ枝は順々に自分の背に捺《お》しながら階段を夢中で駈け降りていた。彼女を呼びとめる者もなければ、摑まえる者もなかった。

とみ枝は階段の一つを降り切ったところで、ちょっと立ち停まって背後を振り向いた。停車した電車に乗ろうと階段を駈け上がって行く乗客の逆の流れが、そのとみ枝の背後を埋めていた。

とみ枝は、自分がいま名倉を突き落すというだいそれたことを仕出かしたことに気付いた。どうしてこんなことをしたろうと思った。しかし、それが突発的な衝動からではないことだけは彼女に判っていた。もし殺意があったとすれば、それは、先刻この階段を駈け登って行って、名倉のホームに立っている姿を眼にしたあの瞬間、自分の体の中に飛び込んだものに違いなかった。

そう思うと急に落着いた気持になって、とみ枝はこんどはゆっくりと階段を降りて行った。

投《と》網《あみ》

　この八月のおわりに、私は一年ぶりで郷里の伊豆の山村へ帰省したが、そのおり小学校時代二、三年上級だった巽辰吉《たつみたつきち》の死を知った。辰吉が亡くなったのは半年ほど前の四月のはじめのことで、下田街道から少しはいった間道の、天城の峠に近い場所で、彼は山崩れのために土砂に埋まって死んだのであった。私は小学校卒業以後、今日までに、ほんの二、三回しか巽辰吉とは顔を合わせていなかったが、帰省するたびに、だれかの口から、なんとなく彼の噂は耳にしていた。もちろんくわしい消息を知ろうはずはなかったが、彼が土地測量師、繭・木材などの仲買人、請負師といくつかの職業を転々としながら、しだいに財を築き、終戦後は昔から知られている旧家から大分の山葵沢《わさびざわ》を手に入れ、村では一、二のいい顔にのしあがっていた——その程度のことは知っていた。

昔からこの地方では山葵沢を持っているということはそのまま資産家を意味していた。二、三の金持の旧家だけが山葵沢を持っており、村の若い者の何人かは人夫としてそこで働いていた。

終戦後、巽辰吉がそうした旧家の一軒から山葵沢を買いとり、自分がそれに取ってかわったことは、いっぱんに村人からはよく言われていないようであった。鍛冶屋の息子が山葵沢を持つようになってはおしまいだ——そんな陰口がほうぼうで聞かれた。八分通りは辰吉にたいする羨望で、あとの二分は旧家の所有物ときまっていた山葵沢の尊厳が彼によって冒されたといった怒りらしかった。

したがって、巽辰吉の死にたいしては、村人のあいだでは多少、それ見たことかといった気持があるようであった。

「何も山葵沢など手に入れなければ生命《いのち》もすてなかったろうに、芸のないことをしたもんだ」

私に、彼の死について語った村人の一人はそういう言い方をした。

その日、辰吉は峠付近の山葵沢を見まわりに出かけたが、その帰り道に奇禍に会ったのであった。現場は昔から何回か山崩れのあった場所であったが、そのときも二、三日つづいた雨のためにすっかり地盤がゆるんでおり、崖は短い時間を置いて、二回にわたって崩壊したものらしかった。はじめの崩壊で、辰吉は土砂に足をすくわれて倒れ、いったんはそこから立ちあがったが、そこへ二回めの崩壊が襲ってきたのであった。

「そうとしか考えられませんな。何しろ、掘りだしてみると、つっ立っていたんだからね。もしいきなりはじめの土で埋まってしまったものとしたら、どうしても横倒しになっていなけりゃあならない」

その語り手の言うとおりかもしれなかった。それにしても土の中に立って埋まっていたというのは、いかにも巽辰吉らしかった。私はそのときなんとなく、一個の仁王の像のように、足を踏んまえ、両肱を張っている辰吉の立てる死の姿を目に浮かべたものである。

私は巽辰吉と多少の関係を持っていた。彼が亡くなったと聞いて、はじめてこの男とは浅からぬ縁《えにし》を持っていたと思いかえされるような、そんな関係であった。

私は小学校を出ると同時に郷里の村を出て、あとは長い学生時代も、それから学校を出て実社会へ出てからも、思いだしたように、ほんのときたま帰省するぐらいで、それも二、三年に一回という間遠《まどお》な期間もあったので、村についても、村人についてもほとんど知識らしい知識を持ちあわせていなかった。それにまた村のだれにも関心らしい関心は持っていなかった。

しかし、巽辰吉だけは例外だった。郷里へ帰省して、バスを降りるたびに、少し大げさな言い方をすれば、私は巽辰吉が住んでいる土地の土を踏むという気がしたものであった。そんなくらいだから、しぜん彼についての消息も、他の村人のばあいとは違って、私の耳にはいってくる機会が多かったようであった。

　小学校時代の友だちの多くは道で会ってもわからなくなっており、たとえ相手をそれと認めてあいさつしても、その名前は思いだせないばあいが大部分だった。

　しかし、私は今日まで長いあいだ、巽辰吉のことだけはときどき思いだしていた。へんなときに、ふいにこの男の精悍《せいかん》なまなざしが思いだされて来た。妙に気にかかった。はっきり言えば、私は巽辰吉をこの世における一人の敵として、憎んでいたのであった。

　小学校時代の巽辰吉については、私はこれといった特別な思い出は持っていない。彼が大きい渓谷をへだてた川向うの部落にある鍛冶屋の倅《せがれ》であること、他の少年たちとは違ってひときわ目立つたくましい体格を持った腕力のすぐれた少年だということ、そんな印象ぐらいのものである。

　もっとも、夏、私たちが川で泳いでいると、箱眼鏡を水面にあて、銛《もり》を持って、上流からくだってくる真黒くやけた裸体の彼を見かけることはあったが、しかし、そんなときでも、辰吉はじろりとこちらに一瞥《いちべつ》を投げるだけで、取るにたらない下級生などは完全に黙殺していた。私たちも、唇の色を紫色にしているこの見るからに精悍な上級生には何も話しかけなかった。なんとなく畏怖と尊敬とが入りまじった感情で、下流へ下流へと流れの中をくだって行くたくましい少年のうしろ姿をただ黙って見おくったものである。

私が巽辰吉から決定的な印象を受けとったのは、この村をはなれていた中学の二年のときである。私はそのとき夏休みの何日かを祖母のもとですごすために郷里へ帰ってきたのであるが、その期間のある日、投網を打っている巽辰吉の姿を見かけたことがあった。

暮れ方だった。私は夕食後の散歩に渓谷へ降りて、石のごろごろころがっている磧《かわら》を伝わって上流へとさかのぼって行った。そして川筋が急角度で折れ曲ろうとする、村人が大曲りと呼んでいる個所まで来て、私はふと半町ほど上流で投網を肩にして岩の上に立っている巽辰吉の姿を認めたのであった。

当時辰吉は投網にかけては近郷きっての名手であった。K川沿い何カ村かの競技会で一等を取ったとか、町の講習会によばれていったとか、そんな噂は私も聞き知っていた。辰吉が川に出たことを知ると、魚釣りに出かけたものも途中から引きかえすと言われていた。

そのとき、私が彼のいる上手へ近よって行こうとすると、辰吉のほうでも私の姿を見つけたらしく、ふと、こちらを振りむくと、片手を上げて何か合図した。

私ははじめその合図が何を意味するものかわからなかったが、そのうちに近よってきてはいけないと、彼の手が制しているらしいことを知った。私は仕方ないので、その場に立ちどまった。

　辰吉はやがて岩の上から瀬に降りて行き、そこで網を打った。

　そして打った網を手もとに引きよせると、それを左肩にかけて上流へと上がっていった。私もまた歩きだした。

　が、それからまたほどなく、私は辰吉の手の合図によって歩くことを制止された。彼は私の足を磧の一隅に釘づけにしておいて、またそこで網を打った。

　そんなことが二、三回あってから、辰吉は、網を打つ作業はやめたらしく、ゆっくりした歩き方でこちらにもどってきた。

「とれた？」

　私が声をかけると、

「いないんだ」

　と、彼はぶっきら棒に答えて、私のほうへちょっと意地悪い一瞥を投げたまま下流のほうへ帰っていった。

　そんなことがあって三日ほどしてから、私はもう一度磧で辰吉に会った。こんどは彼は一人ではなかった。岸から少し離れた磧の一角で、三人の洋服姿の男を前にして、彼は何かしゃべっていた。

洋服姿の男の一人は役場の吏員で、他の二人は農林省か何かの役人らしく、この土地の御料林でも視察にきたといった風体の男たちであった。

辰吉は投網の技術を彼らに見せることを依頼されているらしく、傲慢といっていい態度で投網について説明をしていた。私も彼らの仲間入りをして、それを聞いた。

辰吉は、網の鉛の沈子《ちんし》のくっついている部分をひとかたまりにして左腕にのせ、網を打つ姿勢を取ってから、

「ふつうの者だと、網が重いので、左腕のほうがどうしても下がるんだ。少しでも下がると、投げたとき網は輪を描くように飛んでゆく。そうすると、網の裾は水平にひろがらないで、どこか一方が先に水の中へ落ちてしまう。そんなことじゃあ魚はとれない。網は水平に飛んでいって、水の上でぱあっと裾が全部いっせいにひろがらなきゃあだめなんだ」

いちおうは説明するが、とうていお前らにはできないんだ、辰吉はそう言っているようであった。それから彼は、網を一人ずつ聴講者の左腕にかけて、その重さを知らせた。

私も辰吉の手によって、いきなり左腕へ網をのせられた。なるほど石のような重さだった。

「投網を十年二十年やった人でも左腕は下がってしまう。下がらないのは、このK川沿い

の村ではおれ以外には一人か二人しかないんだ」

辰吉は言った。人を人とも思わぬ不遜な調子の話し方だった。それから、

「おれが打つから見ていな」

そう言って、一同を磧に待たせておくと、彼は自分だけ流れの中へはいっていった。

こんどは近いので、この前のときとは違って、私はよく彼の投網のフォームを目にすることができた。

辰吉は膝まで流れの中へ入れて、網をいつでも投げられるようにして、流れの上手を睨《にら》んでいたが、やがて瞬間口をきつくひん曲げると、腕を大きくふるった。

網は空中に舞うといった感じではなく、まるで水面に向かって叩きつけられでもするような恰好だった。そして水面まぢかで、網の裾は大きい輪にひろがり、それはそのまま水中に落ちた。

やがて網が手もとに繰られ、磧の上で開けられると、何匹かの鮎《あゆ》が飛びだした。

「もう二、三回打ってみよう」

辰吉はそう言って、さっさと磧を上流へとさかのぼって行った。私たちも彼にしたがった。

三十分ほどのあいだに、彼は何回かつぎつぎに恰好な瀬を求めていっては、そこで網を

打った。

ときには一匹もはいらないことがあった。そんなとき、一度私が、

「逃げちゃったのかな」

と言うと、彼はじろりと私のほうを見て、

「おれが打ってかからないんだから、ここには一匹もいないんだよ」

と言った。

私はそのとき何回か辰吉が網を打つのを見ていたが、あとで考えてみるに、彼にたいする憎しみのようなものが、私の体にはいりこんできたとすれば、このときではなかったかと思う。

網を左腕にかけ、少し体をねじったたまま、水面を睨んでいる姿態はたくましいの一語につきた。そしてその目は意欲的というか自信にみちているというか血走った光をおびていた。ほんとうに水中に一匹の魚でもいれば、それは彼の目を逃れることはできないであろうと思われた。

私は磧に腰をかけたまま、巽辰吉のたくましい肉体の一部にはめこまれた二つの目を、何かたまらなく嫌なものとして、そのとき感じていたようである。

私がそれ以後今日までに巽辰吉に会ったことは一回しかない。磧で彼の投網を打つのを見学してから十年たってからである。

祖母が病没してその葬儀がおこなわれたとき、私は一週間ほど郷里へ帰っていたが、そのとき部落の街道で私はオートバイに乗ってきた彼と会った。

私ははっとした。思いがけず自分がこの世で敵としている一人の人間にぶつかったような気持だった。

そのときは、もはや辰吉はぶっきら棒な若者ではなかった。村の他の青年たちよりも服装はきちんとしていた。

「こんどはとんだことでした。御愁傷さまでした」

と、きちんとした言葉で悔みを述べた。材木の仲買をして抜目なく金を儲けているという噂だった。あいかわらずたくましい体と浅黒い顔をしていたが、ひどく如才ない一点謹厳なものさえ感じられる大人に成人していたのである。

しかし、あいかわらず、目はきつかった。私はその目が網を打つ瞬間、激しくひらめいたことを決して忘れていなかった。

投網のばあいでなくても、いかなる仕事においても、必要とあらば、この目はいつでもあのように鋭く閃くことであろうと思った。私はやはり巽辰吉という青年を好きになれない気がした。

辰吉に会ったあとしばらくのあいだ、私は感情をたかぶらせていた。そして、あの磧の日から今まで、自分がいかに巽辰吉を憎んできたかをはじめて知った気持であった。しかし、考えてみれば、私は彼にたいしてなんの恨みも持っていなかった。それがふしぎだった。

それ以後、彼が亡くなってしまった今日まで四十年近く、私はときおり彼のことを頭に浮かべた。郷里の小さい村に、自分の一人の仇敵が生きているといった気持であった。単に、私は彼にたいして故知らぬ憎悪の感情を抱いたというばかりではなかった。彼の目は、私には、もっと形に現われた影響の仕方をしていたと思う。

私は学校を出て実社会へ出てから、ときおり巽辰吉の持っていたあの目と同じものにぶつかることがあった。

私は応召して北支で二年ほど野戦生活を送ったが、そのときの俊敏な若い小隊長の目はやはり巽辰吉の持つそれと同じものであった。その小隊長は決死隊を編成することの好きな中尉であった。とくに決死隊を編成しなくてもいいようなばあいも、彼はすぐ決死隊を編成した。

「志願者は一歩前へ出ろ」

彼はどなった。そして、だれも出ないか、小人数しか出ないと、彼は一段声を大きくして、

「もう一度機会を与える。一歩前へ出ろ」

彼の激しい語気に押されて、二度めには全員が前へ出るのがつねだった。すると彼は、

「よし」

と満足そうにうなずいておいて、整列している各班の前をゆっくり歩きぬけて行きながら、おいお前、おいお前、とつぎつぎに決死隊員を指名していった。

そのときの彼の目を、私はいつも激しい憎しみの感情で睨みつけていた。巽辰吉のあの目と同じであったからである。決死隊へ参加することを好まぬ臆病な兵隊だけが、彼の目を逃れることなしに抜かれてゆく感じであった。私が指名されなかったのは、まったく、いつも、憎悪をもって彼を睨みつけていたためかもしれなかった。

それから、これは社会へ出てからのことであるが、私はある席で、満州国の貴族の一人だという秀才の若い学者に紹介されたことがある。このときもまた、私は彼が巽辰吉と同じ目をもっているゆえに、彼にたいして憎悪の感情を抱いた。

その若い学者は、私と同じ年配であったが、育ちのよさからくる人おじしないものと、裕福さと、生れつきの頭のよさを身につけていた。

私が高名な美術家の話をすると、

「その人の作品を二点持っていますよ。どちらも本人からもらったものですが」

と言った。それからまた私が自分の尊敬する学者の話をすると、

「このあいだ、その人と一しょに食事しました」

と答えた。万事この調子だった。外国の話をすると、彼はその大概の場所へ旅行していた。語学は英語も仏語も自分の国の言葉のようにしゃべり、もちろん日本語は巧みであった。

何もかも兼ねそなえている青年の無表情な色の白い顔の中で、目だけが異様だった。自分の欲するものをなんでも取ろうとする、そしてまた取ることの可能な目であった。

私はその目がかつて投網の青年のそれが閃めくように閃めく瞬間を想像した。何かやりきれぬ気持だった。

巽辰吉はまた私には他の異なる作用の仕方で作用したと思う。私は自分が彼のような目をすることを極力警戒した。私は漁も嫌いだし、勝負事もいっさい嫌いだったが、巽辰吉の目が私のそうした性向の形成になんらかの役割をしていなかったとは言えないと思う。そうしたことが、私によく働いたか悪く働いたかはしらないが、とにかく、私は何ものかを奪おうとする、あるいはまた何ものかに自分を賭けようとする、そうした瞬間、いつも

自分からすうっと身を引いた。生れつきの性格というより、それは巽辰吉が私に与えたもののようであった。

郷里に帰省するたびに、私は彼にかんする消息を耳に入れた。応召して殊勲をたてたと聞けば彼ならそうであろうと思われたし、小さい鉄工場を安く手に入れ、高く売ったと聞けば彼ならまさにそうあるであろうと思った。いかなる噂からも、彼は村のなんぴとよりも順調に自分の人生を一歩一歩築いているようであった。私はそのたびに、なんとなくほっとし、それからまた一方ではあの男のやりそうなことだという軽蔑と憎しみの入りまじった感情を、遠い昔投網を打って見せた一人の人物に抱いたものであった。

郷里に帰省して、思いがけず巽辰吉の死を知ってから二、三日にして、私は彼の長男である二十歳ぐらいの東京の私大生であるという青年の訪問を受けた。父親と瓜二つの顔をしていた。色は浅黒く、たくましい体と意欲的な風貌を持っている青年だった。

用件は父巽辰吉の墓石の裏に彼の生涯の略歴を記録したいが、その文章を書いてくれないかという依頼であった。そうしたことを思いたつところなど、どこか巽辰吉二世らしい、気のきいた思いつきとも、抜目なさとも言えるものを持っているように思われた。

私は、自分が決して好感を持たなかった一人の郷里の人物の略歴をつづることに躊躇《ちゅうちょ》をおぼえたが、けっきょくはそれを承諾することにした。もともと、私は巽辰吉になんの恨みも持っていなかった。まして相手が故人になってしまった今となってみれば、私は自分の心の内側でひそかにおこなってきた彼との戦いを、今は故人に詫びたい気持もあった。

青年は簡単な父の略歴を記した紙片を私の前に置いた。

私はそれに目を当てながら、

「投網の名手だったということも一言入れてはどうですか？」

と言った。

「はあ、でも、若いときだけでしたから」

青年ははきはきした口調で言った。

「途中でおやめになったんですか？」

「目を悪くしましたから中年からは好きな釣も投網もできませんでした。猟もうまかったんですが」

「目を悪くしたと言いますと——」

「三十五、六のとき、目をわずらいまして、一度なおったんですが、また晩年再発しました。二度めのときはひどくて、手術の時期を待っているような状態でした。負けん気でしたので、不自由なくせに仕事には出かけて行き、とうとうあの災難にあいました。目がはっきり見えていたら崖が崩れてきても逃げられたかと思うんですが」

青年は言った。

「なるほど、目がお悪かったんですか」

私はそう言うほかはなかった。巽辰吉が目が悪かったとすると、私は長いあいだいったい彼の何と戦い、何を憎みつづけていたのであったろうか。憮然《ぶぜん》たる思いが私をとらえていた。

「風が出てきましたね」

青年は言った。その声は、父に似ているかどうか知らなかったが、ひどく明るく素直だった。

私は顔を上げて、私もまた庭のほうへ視線を投げた。百日紅《さるすべり》の花をつけた枝々がなるほどざわざわと大きい揺れ方で揺れ動いているのが見えた。

私は百日紅の木から目をうつすと、巽辰吉が歩んだ生涯を何行かにしたためた小さい紙片が風に飛ばないように、それを机の上に置いた。

驟《しゅう》雨《う》

私は小学校時代暑中休暇になると毎年のように伊豆半島の西海岸にあるMという漁村へ出掛けて行った。躰《からだ》が弱かったので、当時東京で官吏をしていた両親は、夏場だけでも、私を海浜で過させようと思って、その部落の村長の家が母方の親戚にあたっていたので、そこへ私を預けたのである。毎夏、七月の終りから、八月の中旬まで約二十日程の間、私は真黒に躰を灼《や》いてその漁村で過した。八月の中頃を過ぎると、土用波のうねりが単調な海岸線に荒く押しかぶさって来るので、海へはいることは禁じられて、東京の両親の許《もと》へ帰されるのが常であった。

M村は小さい漁村の家々が切岸に沿って並んでいる純然たる漁村ではあったが、しかし海水浴場として東京へもその名を知られていた。沼津からバスで三十分足らずの地点で交通には至極便利であった。そして付近一帯の海に沿っている丘陵の斜面には点々と赤や青の屋根を持つ小さい別荘が並んでいた。

私はどういう機縁で光橋家に出入りするようになったか覚えていないが、小学校の四、五年の時の私は、海岸の砂の中に転ぶのと、光橋家の別荘のある丘陵の蜜柑畠の中の細い道を登って行くのが、日課のようになっていた。三時のお茶は大抵光橋家の縁側か茶の間で御馳走になった。私が寝泊りしている親戚の家では、私が光橋家へ出入りするのを余り好まない風で、叔母は、

「おやつはお家へ帰って食べないと不可《いけ》ませんよ」

と言ったが、私はいつの場合も、海から真直ぐに親戚の家へ帰ったことはなく、光橋家へ足を向けていたようである。子供だったから遠慮ということも知らなかったし、それに私にとっては光橋家は何といっても居心地のいい場所であった。光橋家の当主は赭《あか》ら顔のかっぷくのいい中年の人物で、よくパンツ一つで、大きな腹を叩きながら縁側に現われ、私の顔を見ると冗談を言った。私はこの人物が嫌いではなかったが、どうしても好きにはなれなかった。何となくよからぬ人物の印象があった。村人の噂などが私の耳にもはいっていたためかも知れない。

夫人の方は好きだった。夏になって、一年ぶりでこの夫人に顔を合わせる時、私は自分の顔に血の気が上るのに困惑した記憶を持っている。白い手首は、まるで私の手首ほどし

かなく、海浜などで会った時、背後から縋《すが》りつくのに、私は子供心に彼女が倒れないように要心したものである。それほど光橋夫人は華奢《きやしや》であった。私は長じて女性の美貌を判断する時、いつも光橋夫人を基準にしたものだが、それでも判るように夫人は私が女性を美しいと思った最初の人であった。

「たかしさん」

夫人は私をそう呼んだ。たかしというのは私の名前ではなく、小さい時亡くなった彼女の子供の名前であった。私はたかしと呼ばれることに、多少の反感と多少の当惑と、そしてそれ以上に自分が彼女にとって特別な子供であるという大きい誇りを感じた。

これから述べようとする物語は、私が小学校六年の夏休みに起った事件である。

私がその夏M村へ出掛けたのは、例年より少し遅かった。中学の入学の予習が学校にあって、それをすませて東京を発ったので、村に着いた時は八月の初めになっていた。

光橋家の別荘にはまだ光橋氏も光橋夫人も来ていなかった。私は光橋家の人が今年は避暑に来ないのではあるまいかと思って、それがひどく心配になっていた。海浜に出ても、時折、丘陵の別荘の方へ眼を向けた。

そして窓が固く閉ざされているのを見る度に、私は今年の夏がいつもの夏とは全く別のような気がした。海岸に並んでいるビーチパラソルの色は、どれも野暮ったく淋しく見え、海岸の砂の感触もいつもの快さはなかった。

私がＭ村へ行って十日程してから、初めて光橋家の鎧戸《よろいど》は開けられた。白いレースのカーテンが風にはためいているのが、海へ行こうとしていた私にすがすがしく映った。

私は浜の方へ降りては行かないで、そのまま別荘の方へ登って行った。しかし、この時、私には夫人が来ていず、他の女の人でも現われて来るのではないかというそんな予感があった。どうしてそんな予感が働いたかと言うと、それまでに幾度かそうした事があったからに違いないと思う。子供の私は別に気にも留めないでいたのであるが、その日そうした過去の事件が初めて一つの予感を形成するような働き方をしたのは、私がその前年までの私とは違って、大人の世界へ一歩足を踏み入れていたためであろう。私は少くともその日、既に少年ではなくなっていたのである。

予感は当った。近廻りするために光橋家の生垣をくぐって、庭へ躰を入れた私の眼にはいって来たものは、光橋氏と見知らぬ一人の女が、開け放った座敷に寝そべっている姿であった。

光橋氏は仰向けに横たわって午睡をとっているらしかったが、女の方は煙草を銜《くわ》えて腹這いになっていた。畳についている二本のあらわな肘が、私には堪らなく不潔に映った。

私はそのまま、もう一度生垣をくぐって、光橋家の庭から滑り出した。むしょうに、何もかもが憤《いきどお》ろしかった。

私はその晩、親戚の家の食膳で、叔父と叔母が口汚く、光橋氏を罵倒しているのを聞いた。

「連れて来る女が、その度に違っているじゃあないか。あれでは奥さんが可哀そうだ」

叔父が言うと、

「奥さんがどうかしていますよ。お嬢さん育ちというのか知らないが、あれでは、こっちの方がはがゆくなりますよ」

叔母の方は夫人の方にも罪があると言った言い方だった。私はその時そんなことを言う叔母を憎んだ。私がもしその時、おっとりしていると言う言葉を知っていたら、その言葉で光橋夫人をかばってやったろうと思う。

しかし、私はどう言っていいか知らなかった。ただ悲しみが心の中へ衝《つ》き上げて来るのを感じた。そして庭の方へ視線を投げ、夏の白っぽい夕明りの中に、黄色い月見草が幾つか花を開いているのを、私は食膳の前に坐ったまま、いつまでもぼんやりと見詰めていた。

その翌日も、私は朝晩二回、光橋家の庭へ忍び込んだが、夫人の姿はなかった。二回とも光橋氏は見知らぬ女と庭を散歩していた。こんどは女の顔が間近に見えた。まるで私には、その女が直ぐ上の女学校の姉のように若く見えた。そして何か光橋氏と話し合って笑っていたが、その笑い声が意外に澄んだ美しい声であるのに驚いた。女が若いのにも、美しい声を持っているのにも、私は怒りと悲しみを覚えた。

その翌日の昼、私はもう一度光橋家の庭にすべり込んだ。やはり夫人の姿はなく、光橋氏と女がゴルフの練習をしていた。庭の一隅にネットが張られ、それにドライバーで打たれたボールが飛んで行っては、ひっかかった。私はいつか自分が忍び込んで来た目的を忘れ、二人が交互に行っている見慣れぬ競技に見惚《みと》れていた。

そのうちに女の打ったボールが、植込みの中にしゃがんでいる私の足許まで転がって来た。私は思わず立ちあがって、それを拾った。

「なんだ、坊、そんなところにいたのか」

光橋氏の声が直ぐ聞えた。そして彼はつかつかと近づいて来ると、

「一年で随分大きくなったな！」

と言って、私の頭に手を置いた。

「お菓子があるよ、こっちへお出で」

私はもう彼の言うままに従うより仕方なかった。

それから三十分程して、私は光橋氏と女と三人で海岸へ出た。私は何か大変悪い事でも

犯しているような気がしたが、猫に魅入られた鼠のように、彼等二人の許から逃げ去ることはできなかった。自分がこっそり忍び込んでいるところを発見されたという弱味があったためかも知れない。

船着場から貸ボートに乗った。

「こっちへいらっしゃい」

私は女の傍に坐らされた。恐ろしい毒物でも触るように、私は身を固くしていた。私は女からチョコレートを貰ったが、口に入れないで、ズボンのポケットへ押し込んだ。

オールは光橋氏が握った。逞《たくま》しい腕が真夏の陽に照らされ、一面に汗を吹き出していた。

「うまいわ！」

女は言った。

「ボートの選手だったんだ。大変なもてかただった。女学生にわあわあ騒がれた――」

「嫌な方！」

二人はそんな会話を交わした。女は沖へ出ると大きく声を震わせて歌を唄った。私は女の声が岸の方へ聞えはしまいかと思って、それが心配だった。

一時間程して、私たちは帰ることになったが、帰りは女の希望で、M村の端れにある断崖の裾に船をつけることにした。断崖の近くには小さい岩礁が散らばり、そこだけに波が立ち騒いでいた。

「危いわ、気を付けて！」とか、「怖いわ、怖いわ」とか、女は一人ではしゃいでいた。

磯にボートを着けると、真先きに女が降りた。それから私が、最後に光橋氏が降りることになった。

光橋氏は、自分が降りる時は潮に流されないようにボートを器用に岩と岩との間に入れ、それから揺れているボートから半間程の岩の上に身を躍らせた。女の「あっ！」という短い叫びで、驚いて振り向くと、光橋氏は足をすべらせて不様《ぶざま》な恰好で岩の上に倒れていた。上半身は岩の上に、下半身は潮の中に浸っていた。

打ちどころでも悪かったのか、光橋氏は二、三回もがいたが起き上がれなかった。

私は女の命令で磯伝いに村へ駈けた。光橋氏の急を告げることは何でもなかったが、自分が光橋氏と女と三人でボートに乗っていたことを、村人に知られるのが嫌だった。

直ぐ三人の村人が戸板をもって現場へ急行し、光橋氏をそれに載せて連れて来たが、私は事件から離れて丘陵の蜜柑畑に腰を降ろし、夕方まで時間を過した。

私がその翌日、村の氷屋の将几《しょうぎ》に腰を降ろしている時、女は沼津行きのバスに乗った。

私は知っていたが、声をかけなかった。

光橋夫人が、女と入れ替りのようにやって来たのはその翌日のことである。海から帰って来た私は、親戚の井戸端で、村の女たちが光橋夫人が来たことを噂しているのを聞いた。

「天罰てきめん」だとか、「悪いことはできない」とか、そんな言葉も、女たちの口から聞えた。光橋氏の悪口を言っているらしかった。

私は光橋夫人が来たと聞いて胸を躍らせたが、直ぐ光橋家へ遊びに行く気にはなれなかった。夫人の美しい顔を見るのが怖い気持だった。

しかし、その日の夕方、私はやはり自分の気持を押えることができないで、光橋家のある丘陵の坂道を上って行った。

するとその時丁度上から光橋夫人が降りて来た。彼女は遠くから直ぐ私を認めたらしく、

「たかしさん」

と、片手をあげて私の方へ呼びかけた。浴衣を着た夫人の姿が、私には神々しいほど清潔に美しく見えた。

「たかしさん、大きくなったわね、大きくなったわ！」

その夫人の声を聞いた時、私は胸がつまって、歩くことができなかった。涙は眼から溢れ出して来た。

「ばかね、泣いたりして、どうしたのよ」

私が泣いたので、夫人は驚いたらしかった。

「散歩しましょうか」

夫人は言ったが、私は首を振った。夫人に声をかけられたので、もう充分私は満足だった。この上は、夫人から離れて一人でいたかった。夫人と一緒にいることは何か怖かった。

「宿題をまだやってないの」

やっとのことで私がそう口に出すと、

「じゃあ、明日の午後海で待っていらっしゃい。散歩しましょうね」

それから、又、夫人は、随分大きくなったわ、と美しい眼でしげしげと私を見た。

その翌日、私は午《ひる》から浜へ出ていた。いつも夫人が坐る場所を知っていたので、私はそこに陣取っていた。海へもはいらなかった。海へはいっている間に、夫人が来たら大変だと思ったからである。

二時頃、夫人は昨日と同じように浴衣を着てパラソルをさしてやって来た。私は眩しい気持で、夫人と並んで砂の上に腰を降ろした。

「たかしさん」

そう言ってから、

「たかしさんと呼ぶのやめましょうか、もう大きくなったから」

と夫人は笑いながら言った。私は首を振った。たかしさんと自分の名でない名で呼ばれてもいいと思った。夫人がその気なら、私は改名しても構わない気持だった。浜に腰を降ろしている三十分程の間に、私は、何度も、自分が光橋氏と知らない女と三人でボートに乗ったことを、夫人に告げて謝ろうと思った。しかし、どうしてもそれができなかった。

そのうち、到頭夫人の口からその事を持ち出されてしまった。

「この間、小父さんとボートに乗ったんでしょう？」

「ええ」

私は顔から血が引いて行くのがわかった。そして絶望的な気持で言った。

「僕、告白しようと思っていたんだ」

「告白⁉」

「だって」

「告白」

夫人はまた言った。私の言葉はよほど夫人を驚かせたらしかった。

「小父さんと、知らない小母さんと三人で、ボートに乗ったの」

「いいのよ、そんなこと」

夫人は静かに言った。そして、

「それが告白なの？」

「うん」

すると可愛くて堪まらぬように、夫人の手が私の方へ伸びて来た。そして両手が、ぴたりと私の頬を押えた。私は身をもがいて、夫人の顔を見た。その時、私は夫人が別人ではないかと思った。それほど夫人の顔は真蒼だった。

「たかしさんのお姉さんみたいな人だったでしょう」

「うん」

「ボートに乗って何をしてたの？」

「何もしない、その人歌を唄っていた」

「どんな歌？」

「忘れた、声を震わせていた」

「それだけ」

「うん」

「何という人かしら」

「知らない、小母さん知らない？」

「知らないわ。きっと小母さまの知らない人でしょう」

その時、私はまた夫人の顔を見て驚いた。夫人は、今まで私が見たことのない怖い顔をしていた。私は口にすべきでないことを口にした悔いを感じた。そのうちに、夫人は自分で自分の顔に感づいたのか、

「小母さま、いま怖い顔をしているでしょう。今までに何回あったかしら。何回かこんな顔をしたわ。でも、今が一番怖い顔よ」

それから弱々しく笑った。その時はもう夫人の顔からは怖い表情は消えて、いつもの優しい美しいものが立ち戻っていた。しかし、もう夫人は私に話しかけなかった。長いこと喪心したように沖の方へ眼を執拗に向け続けていた。沖は真暗だった。いつか黒雲が空全体を覆っていた。

そのうちに、大粒の雨が砂浜の上に落ち始めた。私は雨が落ちて来ても、夫人が動かないうちは動いては悪いような気がして、黙って坐っていた。

「帰りましょう、夕立よ」

大分経ってから夫人は立ち上がった。砂浜を横切って往来へ出た時は、あたりは真暗になり、篠つく雨が地面を叩いていた。夫人は、

「お家へ行きましょう」

そう言って、雨の中を別に走りもせず歩き出した。私もまたそうしなければ悪いような気持で、夫人のあとから、雨に叩かれながら坂道を登って行った。
光橋家へ着いた時は、二人ともびしょ濡れだった。別荘番の老婆が、家へシャツとズボンを取りに行ってくれた。その間、私は裸で西瓜を食べていた。シャツとズボンが来た頃は、雨は雷鳴まで加えて激しくなっていた。

私は夫人について、初めて二階へ上がって行った。二階の一部屋は洋間になっていて、そこへはいって行くと、光橋氏が一人で寝台の上に仰向けに横たわっていた。彼は私を見ると、

「おお、来たか」

と言ったが、すぐ、

「トランプでもやろうか」

と言った。

「あら、トランプお持ちになっていらっしゃるの？」

夫人が言うと、

「うん」

と、不愛想に光橋氏は言った。私は、そのトランプはこの間の女の人のものであること

を知っていた。ボートに乗る時、彼女がそれをハンドバッグの中へ入れるのを、私は見ていたからである。

窓硝子には雨滴がとめどなく落ちていた。

「二人では面白くないよ」

私が言うと、

「わたしもはいりましょう」

と夫人は言った。

私は今までのことは忘れ、トランプをやるということですっかり楽しくなり、有頂天になっていた。

光橋氏のベッドの傍に椅子を二つ運び、その一つに夫人が坐り、他の一つに私が腰かけた。私が札を切って、三人に分けた。光橋氏だけが仰向けになったままで、札を揃えていた。

ツー・テン・ジャックをやった。最初敗けたのは私だった。夫人が一番勝つことが嬉しくて、私は自分が敗けたことなど何でもなかった。すると、

「敗けた罰に、告白なさい」

と、夫人は言った。私はどきりとした。夫人の顔を見ると、夫人は平生と変りなく優し

い顔をしていた。私は夫人の告白という言葉に途惑っていた。すると、

「お菓子を黙って戸棚から出して食べたことなくって？」

夫人が助け船を出すように言ってくれたので、私は吻《ほっ》とした。それで、私は、

「万年筆を拾ったことがあります。でもそれを黙って自分のものにしちゃった！」

と言った。すると、

「いいわ、それで、正直ね」

夫人は笑いながら言った。

二度目のゲームは光橋氏の敗けだった。

「さあ、告白よ」

夫人は言った。

「困ったな！」

それから突然驚くほど大きな声で光橋氏は笑い出した。

「ごまかしては駄目！」

「困ったな」

「困ることないでしょう」

「じゃあ、何を言うかな、金をちょろまかしたことがあります。五、六回」

それからまた、光橋氏は笑った。夫人はそれに対して何とも言わなかった。

三度目は私が敗け、私はまた小さい悪事を一つ披露した。四度目は夫人が敗けた。

「さあ、お前だぜ」

光橋氏が言うと、

「じゃあ、告白します」

夫人は言って、暫《しばら》く眼をつむっていたが、

「たかしは、実は貴方の子供ではありませんの」

そう静かに言った。声が少し震えていた。

私は光橋氏の顔を見てはっとした。光橋氏は何か言おうとし、口を醜く曲げていたが、やがて、

「冗談に言っていいことと、悪いことがあるぞ。正気で言ったのか、それ」

と、ぶっつけるように言った。

「正気です」

「莫迦《ばか》！　そんなことがあってたまるか」

「でも、告白ですわ、これ」

言うと、夫人は椅子から立ちあがった。光橋氏は躰を起そうとしたが、痛みが走ったの

か、両手を振るようにして、また頭を枕につけた。夫人はそのまま出て行った。私の耳にはそれまで忘れていた雨の音が、急に騒がしく聞えて来た。部屋の中は夜のように真暗だった。私もまた、立ちあがった。椅子が倒れたが、それを起す余裕はなかった。一刻も早くこの部屋から出たかったし、それから部屋を出て行った夫人のことが気懸りだった。階下へ降りて行くと、玄関の横手の部屋の縁側に夫人は立っていた。そこだけ雨戸を閉め忘れたのか、雨の吹き込みが縁側を濡らしていた。夫人の浴衣の裾がばたばたと風に揺れているのが、異様に私には見えた。

「小母さん」

「いいの、心配しなくても」

夫人は戸外の雨の方へ顔を向けたままで言った。そして、

「嘘よ、いまのこと！　小母さま、嘘言ったの」

それから私がぞっとしたような、低い冷たい声で夫人は笑った。

その翌年の夏は、私は中学生になっていたので、学校から他の海浜に出掛けて伊豆のＭ村には行かなかった。

一年置いて、二年生の夏、私はＭ村へ出掛けた。光橋氏の別荘は人手に渡り、そこへ来

ているのは他家の人たちだった。親戚の叔父と叔母の話に依ると、光橋氏は綿業界の方では大変な遣《や》り手だったが、魔がさしたとでも言うのか株に手を出して失敗して、借金で首が廻らなくなって自殺したということであった。自殺した時期は判らなかったが、去年の夏は既に、別荘が売りに出ていたという話であった。

私は美しい夫人に、中学の制服を着た自分の姿を見て貰えないことが、淋しかった。別荘の近くへ行ってみると、庭は一部が芝生になり、一部がテニスコートになっていて、まるで面目を改めていた。縁側には見知らぬ学生が二、三人寝転んで本を読んでいた。

私は光橋氏の事業の失敗も、自殺も、何か美しい夫人の告白と無関係には考えられぬような気がした。しかしその夫人の告白は、果して真実のことであったろうか。嘘よ、いまのこと。小母様、嘘言ったの——その夫人の声はいまも私の耳にはっきりと残っている。長い歳月の経過した今日も、私はその夫人の言葉を思い出す度に、あっと呻《うめ》き声を上げたいような不思議な衝動を感じる。その後私はM村には一度も行っていない。

春の雑木林

暫《しばら》く姿を見せなかった宇佐見が、ふらふらになって玉枝のアパートに転げこんで来たのは、三月の中頃の風の強い夜であった。もう十二時を過ぎていた。

「どうしたのさ、今頃？」

玉枝はしどけない恰好で蒲団に坐ったまま、いつまでも入口に外套を着たままつっ立っている宇佐見を見上げた。一眼見ただけでただではなかった。

顔色は真蒼で、眼はすわっている。

「どうしたのよ」

「人を殺した！」

言ったなりで、彼はまだ立っていた。

玉枝は起き上がると、宇佐見の背後の扉が開いているのを閉め、宇佐見の外套の襟をつかんで、自分が今まで寝ていた蒲団のところまで引きずって来て、その上に坐らせた。

「人を殺しただけじゃあ判らないわ。訳を話しなさい」

玉枝の方は落着いていた。落着いていたが、やはり顔からは血の気が引いていた。

「すまない」

「すまないじゃあ、判らないわ」

「俺が莫迦だった。本当にすまない。一緒に逃げてくれ」

そう言って、男は顔をくしゃくしゃにした。涙が頬を伝わっている。

玉枝が宇佐見の涙を流した顔を見たのは、この時が初めてであった。

宇佐見は金が欲しさに、自分の勤めている会社へ忍びこんで、金庫をこじ開けようとしたが、当直の同僚に発見され、到頭その同僚の首をしめ上げてしまったと言うのである。

「莫迦ねえ」

「莫迦だった！」

「で、金庫は開けたの」

「開けたには開けたが――」

その時、宇佐見は初めて気付いたように、躰を捻じ曲げて、外套のポケットに右手をつっ込んだ。出て来たのは千円紙幣が七、八枚と金庫の鍵と伝票だった。気が動転して、肝心の紙幣束は眼にはいらなかったらしい。

「これっぽちのお金のために、人を殺したの！」

玉枝は情なかった。

「一緒に逃げてくれ」

「逃げてどうするの」

「死ぬんだ」

「死ぬ⁉」

玉枝は黙ったまま長いこと、自分の前に坐っている気の弱い三十歳の悪党の顔を見詰めていた。玉枝にとっては最初の男だった。顔が整っているのと、おしゃれなところと、いっぱしの不良じみた歯ぎれのいい口のきき方に惹かれてついふらふらと躰を許してしまった。

一緒に家を持つということなど大嘘で、アパートに時折泊りにやって来るが、それも玉枝に会うのが目的か、小遣銭を捲き上げるのが目的か、確と判らぬようなところがあった。

「いやになっちゃうわ、ほんとに」

宇佐見が来ると、玉枝は口癖のように、愛想づかしを言ったが、併し、やはり彼女は宇佐見に惹かれていた。見かけによらず気の小さいところにも、だらしないところにも、妙にほうっておけないようなものを感じた。口喧嘩しながらも、玉枝は宇佐見が来る度に、結局は毎晩の酒場勤めから得るなけなしの金を、彼に持たせてやらずにはいられなかった。併し、末の見込みがないので、玉枝はいつかは宇佐見と別れなければならないと考えていた。そうしたところへ、この事件だった。

玉枝の眼には、一緒に死んでくれと懇願している虫のいい、気の弱い悪党の涙に濡れた顔が、いつもの宇佐見とは違った男の顔として映っていた。

「仕方がない、一緒について行って上げるわよ」

　玉枝は言った。好きと言えば、今までの如何なる時の宇佐見よりも、今夜の彼の方が好きなような気がした。構えも気障さもすっかり取れてしまって、ひたむきに縋りついて来る男の気の弱さだけが、妙に切ないものとして、玉枝の心を捉えた。

　仕方がない。一緒に死んでやろう。自分はこうなるように出来ていたのだ。小さい時から継母に育てられて、幼年時代にも、少女時代にも娯《たの》しいことなんて何一つなかった。家を飛び出して東京へ出てからも、倖せだったことは一度もない。いい加減もう自分が嫌になっているのだ。

　宇佐見にとって、自分がそんなに必要なら、自分の一生をこの男にくれてやろう。たいしたことはない。それに、なんと言っても、自分はこの男が好きだ。自分に可愛いという言葉を、むちゃくちゃに浴せかけてくれたのは、この世に宇佐見しかないじゃあないか。

玉枝は洗面器に水を汲んで来て、男に顔を洗わせ、それから着換え一枚と手廻り品をビニールの鞄に詰めた。

暁方まで二人は強く抱き合って寝た。男は絶えず躰を細かく震わせていた。

アパートの階段を二人で跫音《あしおと》をしのばせて降りたのは暁方の四時である。

中央線で甲府に出、甲府から身延《みのぶ》線に乗って、その沿線の山間の小さい駅に下車した。

鉱泉を電気で沸かしている旅館があった。土曜と日曜は相当の客が、立てこむらしかったが、団体旅館らしいその大きい建物の内部は怖いほどひっそりとしていた。

玉枝と宇佐見は宿の女中が驚くほど長い間入浴した。浴槽から出たり入ったりして、死場所を相談したのだ。

「伊豆の石廊崎《いろうざき》がいいと思うの」

最後に玉枝が言った。

「崖か？」

「断崖よ」

男は終始浮かない顔をしてはっきりしなかった。

「薬の方がいいんだが」

「贅沢言っちゃあ、駄目。宿賃を払えばあと幾らも残らないわよ。薬なんて買えやあしない。それに余り遠いところへだって行けないわ。石廊崎ぐらいの距離がやっとよ」

結局、男はそれを承諾した。

玉枝が伊豆の石廊崎を、二人の死場所に選んだのは、勿論彼女の言うように、金のこともあったが、伊豆半島の真ん中の、天城山麓の小さい農村が、現在家はないが、彼女が小学校時代を過した彼女の郷里であったからである。

なんとなくもう一度郷里の土も踏んでみたかったし、小学校の卒業旅行の時、天城を越えて半島の突端に行き、その時見た石廊崎の風光の美しさが、現在の疲れている彼女の心を招いたのである。

鉱泉旅館には二泊して、三日目の朝早く、二人はそこを出発した。勘定を払ったあとには何程も残っていなかった。

「困ったな」

宇佐見は言ったが、

「大丈夫よ。どうにか旅費だけはあると思うの」

玉枝はあとはもう死ぬばかりだと思った。

身延線で富士駅に出て、そこから東海道線で三島に行き、三島で駿豆《すんず》線に乗り換え修善寺に着いたのは正午少し前だった。

その駿豆線の中で、玉枝は宇佐見の写真が、隣席の乗客が拡げた新聞に載っているのを見た。

玉枝は修善寺駅へ降りると、駅の横手へ宇佐見を連れて行って、新聞に写真が出ているのを告げた。

「俺の写真がか⁉」

愕然として宇佐見は顔を引吊らせた。その時初めて彼には殺人犯人としての実感が来たものらしかった。

「もう、こうなれば死ぬ以外道はない。俺は死ぬぞ」

それまでは死ぬつもりではなかったような言い方を宇佐見はした。

「二人で一緒に行っては危いと思うの、途中で捉まるのは嫌でしょう」

玉枝は宇佐見の眼を見詰めながら言った。

「あんただけバスで先きに下田に行って頂戴。わたし、一日遅れて行くわ」

「俺だけ先きに行くのか」

心細そうだった。

「だって仕方がないわ。わたしは別のバスで郷里の村へ行き、お金都合して、明日間違いなく下田へ行くわ。下田のバスの停留所で待っていて頂戴」

「本当に来るだろうな」

「疑い深いのね。お金作って行くから、そのお金で二、三日豪遊し、それから二人で死にましょうよ。嫌だわ、こんな惨めな死に方は！　せめて二、三日派手に暮してから死にたいわ」

　それもそうだと思ったのか、宇佐見は浮かない顔をしながらも、玉枝と別れて先きに下田へ行くことを承知した。

「金借りるところあるか」

「あると思うの」

　玉枝は自分のバス代だけを残して、あとの二千三百円の金を宇佐見に持たせた。

　宇佐見は下田直通のバスに乗った。宇佐見のバスが出てしまうと、玉枝は一人になって駅の裏手の田圃の方へ歩いて行った。

　宇佐見の写真が新聞に出るくらいだから、自分が宇佐見と一緒に逃げたことも判っているに違いない。そうすれば、自分が郷里の村へ立ち寄ることもよほど注意しないと危い。夜にならないと、郷里の村へはいれないので、玉枝は最終のバスに乗ることにした。それまでの時間を、玉枝はどこか余り人眼のつかないところで過さなければならなかった。

狩野川の磧《かわら》へ出た。郷里の村を流れている川だが、ここまで降ると、川幅はぐっと広くなっている。風はまだ寒かった。玉枝は川の堤の下の竹藪のところで風を避け、磧の白い石とその向うの青い水の流れに、春の陽が静かに散っているのを眺めながら、そこで夕方までの時間を過した。

玉枝が終バスで、郷里の村へ着いたのは六時であった。早春らしく白い砂塵が街道に巻き上がっている暮方であった。

停留所でバスを降りた時、玉枝はそこで直ぐ三、四人の見憶えのある顔にぶつかった。はっきりと、どこの誰ということは判らなかったが、とにかく曽て見たことのある人たちの顔であった。

玉枝の方ではそれに気付いたが、先方では全く玉枝であることに気付いていなかった。それもその筈である。玉枝たち一家が、ここから五里ほど離れた半島の基部の小さい町に引き移って行ったのは、玉枝が小学校を卒業した年で、それから十年の歳月が流れている。親戚らしい家も一、二軒あることはあったが、玉枝はそこへ顔を出す気にはならなかった。

玉枝は昼間、狩野川の堤で過した何時間かの間に、金を借りる一人の人物を心の中に決めていた。田村一夫という小学校時代の同級生で、現在村の小学校の教師をしている人物であった。

田村一夫なら、おそらく自分に金を貸してくれるのではないかと思った。家は、百戸ほどある部落でまあ一、二と言っていい裕福な農家で、食べる心配のないところへもって来て、月給もはいっている。

併し、玉枝が自分に金を貸してくれる相手として、彼を選んだのは、ただそうした彼の経済的な環境を頭に描いてのことではない。

小学校の六年の時、玉枝は一度ひどく困った立場に立った時、この田村一夫に助けられたことがあったからである。

戦時中のことで、その頃毎朝、学級から四、五人ずつの生徒が交替で村の神社の境内の清掃に行くことになっていた。

当番に当った日、玉枝はたまたま家の用事があって、定刻通りに神社の境内へ集ることのできないことがあった。彼女が行った時は、既に境内は他の生徒たちに依ってきれいに掃き清められ、生徒たちの姿もなかった。

玉枝は境内を空しく歩き廻り、そのまま学校へ向った。ところが最初の授業時間に、意地の悪い教師から、当番をずるけたことをひどく叱責された。

「お宮へは行ったんですが、行った時はもうお掃除がすんでいたんです」

玉枝がありのままを言うと、

「嘘を言う奴があるか！」

教師は烈しい語調で呶鳴《どな》りつけた。

教師は初めから玉枝が嘘を言っているものと思いこんでいる風であった。玉枝は家が貧しい上に、どこかひねくれたところのある可愛げのない子供だったので、平生から教師たちの冷たい視線には慣れていたが、この時はむしょうにくやしかった。

「嘘ではありません」

「なに！」

玉枝は右の耳をつままれて、自分の席から教室の前の方へ引張り出された。

「嘘ではありません」

玉枝は頑強に主張した。眼から涙がぼろぼろ滾《こぼ》れ落ちたが、玉枝は泣き声を立てなかった。

そんな玉枝を、教師は憎々しげに睨んでいたが、

「よし」

と言うと、他の生徒の方を向いて、

「誰か、玉技が今朝神社へ行ったのを見た者があるか、あったら言いなさい」

と言った。教師の語気が荒かったので、誰も返事をする者はなく、教室の内部はしんと水を打ったようになっていた。

その時、一人だけ手を上げた者があった。田村一夫だった。

「お前見たのか」

教師が言うと、

「見ました。お宮の鳥居をくぐって出て来るところを見ました」

田村一夫ははっきりと言った。

「よし。それならよろしい」

教師は言うと、あとは何も言わなかった。玉枝は自分の席に帰された。

玉枝は、教室の中でたった一本自分のために上がった手のことを思うと不思議な気がした。

玉枝はそれまで田村一夫と口をきいたこともなかったし、遊んだこともなかった。玉枝はどうして彼が自分を助けてくれたか判らなかった。

玉枝は、神社から出て来る時、自分が鳥居をくぐらなかったことを思った。神社の境内にはいる時も、そこから出る時も、石段の横手の竹藪の傍の小道を通ったのである。

玉枝が鳥居をくぐったという田村一夫の証言は、玉枝には虚言であるとしか思われなかった。

この小さい一つの事件は、いつまでも玉枝の心から消えなかった。東京へ出てからも、変な時に、ひょっこりと、自分のために上がった一本の手を思い出すことがあった。

玉枝は、田村一夫なら、必ず自分の急場を助けてくれるのではないかと思った。あの時でさえ手を上げてくれたのである。あの時手を上げてくれたことに較べると、こんど金を貸してくれることなどずっと小さいことのように思えた。

自分が死んでから、遺言にでも、その事を書いておけば、金のことは、父親が返却してくれるだろうと思う。幾ら家を飛び出した娘でも、実の娘であってみれば、父親は自分のためにそのくらいのことはしてくれる筈である。

「ごめん下さい」

玉枝が田村家の土間へはいって行った時は戸外はとっぷりと暮れていた。

炉には赤々と火が焚かれ、その向うで、子供を混じえた七、八人の家族が、賑やかに談笑しながら、食膳に向っていた。

「どなたですか」

玉枝の知らない若い女が立ち上って来た。あるいは田村一夫の妻であるかも知れなかった。

「あの――」

玉枝が言いそびれている時、田村一夫が立ち上って来た。

「ああ」

と大きな声を出して、

「あなたですか」

驚いた顔をして彼は言った。少年の頃の田村一夫と殆ど変っていなかった。顔の造作も、体格も、そのまま一周り大きくしただけのことである。

玉枝は田村一夫が自分を憶えていてくれたことが嬉しかった。

「暫くでございました」

挨拶してから、

「実は、突然ですが、お願いがあって参りました」

玉枝は必ず父に返却させるから五千円程の金を貸して貰えないかと話を切り出してみた。

すると昔の級友は、少し頬の筋肉を固くさせて、

「あなた一人ですか」

と、訊いた。

「はい」

「二人ではありませんか。二人でしょう？」

この田村の言葉で、玉枝は自分たちの事が既にもう世間に判ってしまっているのではないかと思った。

「二人ですか」

また田村一夫は訊いた。

「はい」

玉枝は素直に答えた。昔の恩人に対して、嘘の言えない気持だった。すると、彼は、

「ちょっと待っていて下さい」

と言って、そそくさと奥へはいり込んで行き、そのままなかなか戻って来なかった。

玉枝は彼が金でも出していてくれるものだと許り思っていた。

炉の向うで賑やかに食膳に向っていた家族が、一人立ち、二人立って行き、いつか誰もいなくなってしまった。そんな家の内部の空気が妙に落着かない不自然なものに、玉枝には感じられた。

そのうちに、玉枝のはいって来た前庭の方から、ひそひそと何人かの話し声が聞えて来た。そのうちに、

「出て来い、こら、玉枝！」

突然、老人らしい男の声が聞えて来た。

玉枝ははっとした。

田村一夫が家を抜け出して、こっそりと近所の者を集めたらしいのに気付くと、怒りと悲しみが急に玉枝の心にこみ上げて来た。

永年信用して来た相手に謀られた救いのない気持だった。

玉枝はいきなり土間を裏口の方へ駈け出した。入口を出たところで、誰かにぶつかった。女だった。悲鳴を上げて、相手は尻餅をついた。構わず玉枝は走った。井戸の横でバケツを蹴とばした。バケツはがらがらと音を立てて転がった。玉枝はいつか、田圃の畔道らしいところを山の方へ走っていた。摑まってなるものかと思った。もうこうなれば早く下田へ行って、一刻も早く宇佐見と死ぬばかりだと思った。

翌朝のことである。

村外れに住んでいる坂部嘉十は、いったん山葵沢《わさびざわ》の仕事に出掛けようとして家を出たが、殺人犯と逃げ廻っていると新聞が伝えているこの村の出である玉枝が、昨夜田村一夫の家へ姿を現わしたという噂を聞いて、火傷のひっつりのある顔を歪めて役場の方へ引き返して来た。

嘉十は耳よりの話を聞いたと思った。役場へ談じ込む材料ができたことが、彼の若いか年寄りか年齢の判らぬ顔をいきいきとさせていた。

嘉十は昔同じ教室で机を並べていた玉枝の顔を思い浮かべると、理由のない憎しみの感情が燃え上がって来るのを感じた。級友としての特殊な感情といったものはみじんも感じなかった。

「村の名折れである。ひっ捉まえねばならぬ。俺がこの腕でひっ捉まえてやる」

彼は己が決意を、口の中で何回も低い声にしてもぐもぐと反芻していた。

役場へ行くと、

「おおい、みんな豪《えら》いことになったな。村長は馘《くび》もんだぞ」

と、彼は窓口から呶鳴った。戦端の火蓋を切ったのである。それから、

「玉枝が村に来たのに捉まえんとあっては、村は恥の上塗りだぞ」

そう言いながら、横の入口から机の並んでいる役場の内部へとはいり込んで行った。

「朝っぱらから何だい？　嘉十」

助役が厄介な奴が来たといった顔で言うと、

「知らんかい、玉枝のこと」

と、嘉十は噛みつくような表情で言った。

「知っているさ。知っていても、逃げたものは仕方がないじゃあないか」

助役は言った。

「それじゃあ、事はすまんぞ。なぜ半鐘を打って、山狩りせんかい。村の山に人殺しと、その情婦がいるっちうに、——呆れた野郎共だ」

嘉十が呶鳴り出すと、いつもそうであるが、役場の者たちは、次第に誰も返事をしなくなった。みんな嘉十の言葉を聞かない振りをして、事務を取り出した。

「ははあ。この村では人殺しをかくまおうちうわけか。こりゃあ面白い。玉枝がこの村の出だから、情をかけて、人殺しをかくまおうちうわけか。今までに、こんな村のあることは聞いたことがねえぞ。——半鐘を鳴らせや、半鐘を！」

嘉十は役場の机の一つに腰かけて、彼一流の悪態をつき出した。

道普請の打合せがあっても、消防の寄合があっても寄附金の相談があっても、嘉十は必ず文句をつけた。他人が右と言えば左と言い、左と言えば右と言った。

併し、こんどの事は、事が事だけに、役場でもいつまでも嘉十に呶鳴らせておくわけには行かなかった。

誰が招んで来たのか、そのうちに小学校から田村一夫がやって来た。

「なあ、嘉十、うるさい事は言うなよ。なるほど玉枝は俺の家へ姿を現わしたが、俺たちも、何も見て見ない振りをしたわけじゃあない。一度は摑まえようとしたのだ。それが逃げてしまったのだ」

田村一夫は説明した。

「まだ逃げはしねえ、山の中にいる。天城の山の中にいるぞ」

「いるならいてもいいじゃないか。玉枝を摑まえるのは警察に任せておけばいい。何も玉枝が人殺しをしたわけじゃあるまいし――」

それから田村一夫は、嘉十の気持を取りなすように、

「殊に、俺とお前と玉枝とは、同じ教室で一緒に机を並べて、いろはを習った仲じゃあないか！」

「ほう、一緒にけったくして、人殺しを逃がせというのだな。こいつあ、面白い。警察署へ電話をかけて、一体そんなことが許されるものかどうか訊いてみようじゃあないか」

嘉十は仕事を休んだからには喚けるだけ喚かねば損だといった風に、威丈高になって役場や村の態度を非難し出した。

その中に、見物ながらおいおい村人が集って来た。嘉十の態度を苦々しく思う者が大部分だが、中にはまた反対に、こんどの場合だけは、嘉十の言い分の方が筋が通っていると

見る者も現われて来た。

「こうなったからにゃあ、村の奴等一人残らず集って貰うべえや。どうや、それ」

嘉十はますます調子に乗って喚き始めた。

村の半鐘が鳴らされたのは、それから一時間ほど経ってからである。

三十五歳以下の男たちが小学校の前へ集合した。

「炊出しを頼むぜ。けちけちせんと、うんとこさ炊出せよ」

嘉十はいつか上機嫌になっていた。自分の主張が通って、山狩りが行われることになったことが満足であった。

三里程離れた部落にある警察署から十数名の警官がトラックに乗ってやって来た。

警官と村人たちは、部落の南側に迫っている天城続きのK山に、玉枝も彼女と一緒に来た殺人犯も共にひそんでいるものと推定して、麓の三方から三つの隊列となって山の深処へとはいっていった。

山は雑木林で覆われていた。そしてその雑木林のところどころに、小さい梅の木が白い花をつけていた。

嘉十は自分が言い出した手前、先頭に立って山へ登って行った。

併し嘉十にとっては、山狩りなんて、本当はもうどうでもよくなっていた。殺人犯にも、玉枝にも、たいした関心は持てなくなっていた。

早く夕方が来て、村に帰り、小学校で慰労の酒宴を開き、その席で村の有力者たちに揶むことがあとに残された最大の娯しみであった。

「おーい」

嘉十は時々機械的に呶鳴った。役場で嫌味を並べたてている時の方がずっと生彩を放っている。

嘉十はいつか一人になっていた。

長い杉林が続いていた。そしてそこを抜けると、また雑木に覆われた斜面になった。

「おーい」

嘉十は雑木の繁みを、がさがさ言わせながら、上へ上へと登って行った。平生山仕事や山葵沢の仕事をしているので、山を分け登って行くことは少しも苦労でなかった。

嘉十は、突然足を停めた。一間程隔った繁みの中で、何ものかがひそんでいるような音を耳にしたからである。

嘉十はじっとその箇処に眼を当てていたが、

「人間か、猪か、出て来い」

と呶鳴った。

するとその声で、女の上半身が繁みの上に出た。

「や！」

思わず嘉十は二、三歩背後に退った。

「玉枝だな」

「そうです」

「ふてえ奴だ」

言ったまま、嘉十はなおも玉枝の姿を見守り続けていた。

彼が考えていた玉枝とはまるで違っていた。洋服を着ている彼女の姿が、嘉十にはひどく都会風のしゃれたものに見えた。

併し、その顔に再び改めて眼を当てた時、嘉十は、ああ、あの時の玉枝の顔だなと思った。嘉十は顔をくしゃくしゃとさせた。堪まらなく懐かしい気持がこみ上げて来た。

嘉十は、いま彼の前に立っている憎しみか怒りか知らないが、とにかくただならぬ烈しいものに燃えている女の顔に、一つの記憶があった。

それは小学校の五年か六年の時のことである。

その頃、年に一回、近郷の幾つかの小学校では互いに何人かの選手を出して、ランニングの覇を争うことが行われた。

嘉十は学業成績も悪く、何一つ取柄はなかったが、走ることだけは得意だった。幾ら走ってもくたばらなかった。

嘉十は、その年、学校から選手に選び出されて、三十何人の選手たちと一緒に校庭をスタートした。彼は初めから先頭を切っていた。下田街道に沿って北へ走り、隣り部落の学校の校門に到達し、そこからまた引き返して来た。往復三里ほどの道程である。

嘉十は往きは楽に走ったが、帰りは横腹が痛くなって苦しかった。苦しかったが、嘉十は依然として先頭を切って走った。

決勝点へ近づく頃から二着との距離が次第に縮まって来た。

決勝点へあと二、三町という時、嘉十は殆ど倒れる許りの苦しさと闘って走っていた。道の両側には多勢の声援者が並んでいたが、嘉十には何も見えなかった。通路から学校へ行く道へと曲った。最後のコースである。

その時、嘉十は初めて背後を振り返って見た。二着との距離は五、六間しかなかった。校門に真直ぐに続いている桜並木を、嘉十は必死の思いで、歯を食いしばって走っていた。

その時、ふいに道の端しから飛び出して、彼に並んで走り出した者があった。棒縞の着物を着た女の子であった。

「確《しっか》り、確り！」

そんなことを言って、女の子は嘉十の直ぐ横を一緒に走ってくれたのである。

その女の子が玉枝であった。その時の玉枝の真剣な顔を、ゆくりなくも、嘉十はいまK山の雑木の繁みの中で思い出したのであった。

あの時、俺が一着を取ることができたのは、玉枝のためであった。併し、そう思ったのは今初めてである。

競争で勝った時も、そのあとも伴走者のことなど、ただの一度も嘉十の頭の中に思い出されたことはなかった。

「男はどうした？」

嘉十は訊いた。

「男？ わたし一人よ」

玉枝は、油断なく嘉十の方を見守りながら言った。

「お前一人か？」

「そうよ」

「男はどこへ行った」

「昨日のうちに下田へ行っているの」

「お前は、一体、どこへ行くつもりだ」

「下田よ、その人と約束してあるの」

「ふうむ」

嘉十は曽ての伴走者の顔を見た。あの時自分に伴走したように、いま玉枝は人殺しの情人に伴走してやっているのだと思った。

嘉十は長いこと玉枝を睨んでつっ立っていたが、やがて低く、

「お前は人殺しを手伝ったんじゃあなかろうな」

と言った。

「まさか」

女は蔑すむような眼付をした。すると、嘉十は、

「よし、こっちへ来な」

そう言うと先に立って歩き出した。

玉枝はもうどうなってもいいと言った風に、嘉十のあとについて行った。

嘉十は五分ほど雑木の斜面を斜めに降って行ったが、やがて細い小道へ出ると、

「早く、みんなに見付からぬように、ここをつっ走れ！」

そういうと、先きに自分で走り出した。

玉枝もそのあとから走った。

確り、確り！　十年前の小学生の時とは逆に自分がそんなことを言ってやっているような気持で、嘉十は走った。そして時々立ちどまっては女を待ってやり、女が追いつくとまた嘉十は走った。

峠まで一緒に走ってやって、そこから嘉十は憤ったような顔をして一人で引き返して来た。

山にはもう誰もいる気配はなかった。

「おーい」

時々呶鳴りながら、嘉十は山を降って行った。

宇佐見が下田で逮捕されたことが新聞で報じられたのはそれから二日程してからのことである。

宇佐見は玉枝を待つためにバスの停留所に出向いたところを、下田署員に挙動不審で捉えられ、殺人犯の宇佐見であることを自供したのであった。

それから更に二日して玉枝が同じく下田で捉えられたことが報ぜられたが、この方は、新聞では小さく取り扱われてあった。

嘉十は、その日、やはり山葵沢の仕事に行く途中、その噂を耳にしたが、

「芸もねえ！」

一言言って、そのまま山の方へ歩いて行った。

役場では、その日、嘉十がまた何とか因縁をつけに来るものと思っていたが、彼の姿が現われなかったので、村長も助役も吻《ほっ》とした反面、来るものが来ないような淋しさが、やはりどこかにあるようであった。

玉枝が捉えられた日から、伊豆の山には本格的な春の陽光が降った。

傍観者

私が警視庁の取調室から釈放されて、二十日ぶりに自由を与えられたのは四月中旬のある夜の八時ごろである。こうした変な時刻に釈放となったのは、取調べに当っていた同じ京都の大学出の私の後輩にあたるK警部の思いやりからである。新聞社の写真班からフラッシュを浴びせられ、あの無礼なる紳士たちのあられもない質問の的に立たせられることから私を救ってくれたのである。

日比谷から銀座の方へと、私は宵の舗道を雑沓の中へ紛れて歩いて行った。ひどくなまぐさい夜風が頬をなでている。いつか世は春になっていた。数寄屋橋から銀座へかけて、ばら撒《ま》かれているネオンサインが目がくらくらするほど眩ゆい。私が二十日前に警視庁の自動車でアパートから収容されたのもやはり夜だったが、あのときは渇水期の電力統制でネオンも広告燈も消えていて街は暗く、自動車の中で私は冬外套の襟を立てて夜風の冷たさを避けていた。それがわずかの間に、街の姿もすっかり常態に復し、気候もまるで違っている。

　私は数寄屋橋でタクシーを拾って、北の郊外の私の住んでいるアパートのある町の方へと自動車を走らせた。はじめ銀座へでも出て久しぶりでコーヒーでも飲もうと思ったのが、急に気が変ったのである。明かるい喫茶店の椅子に腰を降ろすのもひどくつまらない気がしたし、都会の夜の灯《ひ》の海の中へはいって行くには、私の現在の神経は、あまりに疲れ過ぎていると思ったからである。

　自動車を三十分ほど走らせて、二つの郊外電車の交叉している小さい駅の附近で私は車を降りた。アパートまで徒歩で約二十分ほどの地点である。アパートは郊外電車の駅ではまたそこから二つほど先であるが、私はそこまでの人通りのない暗い舗道を歩こうと思ったのだ。はるかに都心を離れても、やはり吹く風は妙になま暖く、どこからともなく饗宴のさんざめきが流れている感じである。春宵一刻値千金という言葉があるが、まさにそのような春の宵なのであろう。

　私は自動車のヘッドライトだけが、あたりの静寂に似ず頻繁に行きこうている舗道の暗い隅を歩いて行った。人通りというものはほとんどない。何か花の香がかすかに立ちこめている街路樹の下の闇の中を、私は時々、こわれかかっている敷石につまずきながら歩いて行った。

　途中で、私はふと立ち止まった。私はいま、いったいどこへ行こうとしているのだろうと思った。アパートへ帰り、アパートのベッドの上に横たわろうとしているのか。梨花《りか》が横たわったあのベッドに！　そのとき私は、あの晩梨花がベッドに横たわってこちらに投げた複雑な笑顔を思い出した。あれほど虚しいはかない人間の笑顔というものはそうざらにあるものではないと思った。すると、急に心の冷えあがるような侘びしさが胸につきあげてきた。ああ、堪まらなく寂しいと思った。そしてその寂しさがこんどの事件の渦中にまき込まれたことから来るものでなく、梨花がもうこの世にいないということから来るものであることに気付くと、私は梨花が死んでからはじめて、梨花が死んだということの意味を心に切なく感じたのであった。

　梨花が自殺してから二十日たっている。その二十日の間、梨花の死から来るいろいろな感情はすべて私から取りあげられ、私は何人かの人に入れかわり立ちかわり、梨花の自殺という一つの事件と私との関係を、冷たく事務的に取調べられたのである。

――あなたは、梨花が毒を飲んでいることを知っていたのか？

――知っていました。

――知っていて、どうともしなかったのか。放っておけば彼女が死んでゆくぐらいのことは判っていたろう。

――もちろん判っていました。

――死ぬことが判っていて放っておくのはおかしいではないか。それでは自殺を幇助《ほうじょ》したことになるではないか。

――なるかも知れません。しかし、私はいつか梨花が私の部屋に死ぬために来ることを、ずいぶん前から知っていました。いつかはそんな時がやって来るだろうと思っていました。だから、私はあの時静かに梨花を死なしてやろうと思ったのです。

――あなたは少し興奮している。いいか、よく考えてごらん。あなたもあの時いっしょに死ぬ気ではなかったのか。二人で心中しようとして、あなたは途中で何らかの理由のためにそれを中止したのではないか。恐怖のためとか、あるいはもっと――。

――もっと、何ですか。

――もっと、はっきりした冷静な理由のために。

――計画的にということを言いたいのですか。私には彼女と心中する理由もなければ、また、彼女だけを殺す理由もありません。

――だが、あなたは彼女を愛していたではないか。

――愛していました。しかし、私は、常に彼女の傍観者でした。過去二十何年、私は梨花の傍観者でした。彼女が死ぬ時も、やはり私は傍観者でした。私はそんな愛し方しかできなかったのです。

――しかし、こちらで調べたところによると、梨花の夫である岸本辰也は、あなたと彼女の間を疑って、一度あなたと決闘沙汰まで引き起しているではないか。あなたと梨花との関係は、梨花の夫にさえ疑られていたではないか。

――疑られても仕方がないと思います。岸本辰也にはそう見えたのでしょう。でも、私と梨花の間には何もなかったんです。ただ彼女が身を持ち崩して行く、そしてそれを私が見ている、そんな形の愛情しかなかったのです。彼女は毒を飲んで私の部屋へやって来たのです。私は愛していたからそれを傍で黙って見ていたのです。それ以外の何ができますか。二人はそんな関係だったのです。

こんな会話だけが二十日間毎日のように繰り返されたのである。私は自分の陳述が係員にどう解釈されたか知らない。ともかくいま釈放されて、自由になってはじめて、私は梨花という女性がすでにこの世に生きていないという事実につき当ったのである。彼女の死の意味をはじめて自分の心で感じ取ったのである。なまぐさい風に吹かれながら、彼女の生きていない春の宵の暗い舗道を歩くということは、なんという虚《うつろ》な、寂しいことであろう。胸をひきむしる痛みではなく、なんの痛みもない寂しさ、空しさなのである。

私は過去二十何年か彼女が彼女なりに生きて行くのを傍から眺めて生きてきた。取調室で何回も強調し、結局は誰からも理解されなかったが、私は自分の言葉通り、常に彼女の傍観者であったのである。私は彼女の人生の傍を平行して歩いて来たのである。

心中とか、計画的殺意とか、あるいはまた自殺幇助とか――、世の中では私という人間が大学教授であるということからくる興味も手伝って、私をめぐっていろいろな取沙汰が行われているようである。新聞も全然読んでいないから詳しいことは一切判らないが、あるいは私は取調べに対する答弁からして、精神異常者とか精神衰弱者とかにさせられているかも知れない。

しかし、私と梨花の間には愛情というものが置かれてあっただけなのである。しごく簡単ではっきりしている。私は梨花を愛していたし、梨花は私を愛していたのである。二人の場合は、二人の愛情をそのような形でおく以外仕方がなかったのだ。だから二人の間には何の醜関係もなかったのだ。彼女は彼女で勝手に他の男たちと身を持ち崩し、私はそれを傍観していたのである。やがて当然のこととして彼女の生涯に破局がやって来て彼女は毒を飲んだのである。私はそれさえも見ていた。私がいかに彼女を愛していたかは、梨花はそうした私によって知った筈である。私たちは二人の愛情というものを、そうした形においてしか終焉させることはできなかったのである。

　彼女が最後に横たわったベッドと、そうした彼女を私がそこに腰かけて見守っていた椅子が、あの時と同じように置いてある同じ部屋に、私が二十日間ぶりで入っていったのは、十時ちょっと前である。

　私が階段を上がって行くとき、アパートの管理人の老人と小使の小母さんが、玄関の横手の事務室からこちらを覗いているのを私は見たが、彼らは私という人間を恐れているのか、あるいは私に声を掛けるのを遠慮しているのか、私の部屋には顔を出さなかった。

　私は、部屋の窓を開け空気を換えると、梨花が横たわったベッドに横たわった。スプリングが変な音をたててきしんだ。私はひどく疲れていた。私はともかく眠らなければならぬと思った。しかし、とうてい眠られそうになかった。二十何年間の梨花との交渉が、長い長い一筋の川のように、いや川ではない、一滴の水もない磧《かわら》といった方がいい。長い長い一筋の磧のように、私には妙にしらじらと冷たく思い出されて来るのであった。大きい石や小さい石がごろごろしている。ぴょうぴょうと風が吹いている。月が照っている。ああ、水の涸れた河の道！

　私は梨花が死んでからはじめて、その時、梨花のために手放しで泣いた。梨花のためではなく、自分自身のためであったかも知れない。ともかく、涙がとめどなく、後から後から私の両頬を流れ、耳の方へ落ちていった。

私が梨花とはじめて会ったのは、私が北国の高等学校へ入学した時で、この時、私ははじめて東京という土地を踏んだのであった。父の任地である北国の少し暗いが静かな城下町で、小学校、中学校をすませ、その土地の高等学校へ、私はさして入学試験の苦しさも知らず中学四年終了で、すらすらと入ってしまい、私は生まれてはじめてその時、入学式までの一週間を、親許を離れて自分一人の旅をしたのである。東京にいる間、私は友だちの家へ厄介になっていたが、ある日真新しい白線の帽子をかむって、私は聞いているだけで誰にも会ったことのない母方の遠縁にあたる梨花の家を南の郊外の高台へ訪ねて行ったのである。

三月の終りであった。北国から来るとさすがに気候はずっと暖かかったが、まだ桜の時期には少し間《ま》があり、植込みの多い梨花の家の庭でも、縁近くの小さい梅の木が白い花をつけているほか、庭には何の花も見当らなかった。しかし、庭木をすかして庭の面に洩れている陽《ひ》ざしはすでに春であった。

その春の陽ざしを浴びて、そのころ十二、三歳であった梨花は、小さい白いむく犬を膝の上に抱いて、庭の隅に屈《かが》んでいた。女中の案内で日本間にソファーと椅子と茶卓の置いてある応接間に通され、籐椅子の一つに腰を降ろして庭の方に視線を投げた時、私はこの後川家の最初の家人として、梨花の姿を目に留めたのである。私はすぐ梨花だと思った。私はそれまでに何回となく、父や母から梨花という後川家の一人娘について聞かされていたからである。

梨花について私がそれまでに聞き知っているのは、彼女がたいへんな我儘な育て方をされている病弱な美貌の少女であるということであった。あんな贅沢な育て方をされてどんな娘になるだろうとか、いかに金に困らないとはいえ、教育という点からいえばああした育て方は考えものだとか、体が弱いのも当り前だとか、父と母との梨花に関する噂の内容は、多分に外交官だった亡夫の遺産でぬくぬくと暮している後川未亡人とその娘に対する嫉妬と羨望をまじえた否定的なものであった。私は、雨が降ると人力車で登校し、寒い時は女中が靴を暖めて履かせるという後川家の梨花という少女に、長い間少年らしい興味と関心を持っていた。自分などとはまったく別の世界に生きている、たとえば西洋の童話の中に出てくる小さい城砦の中のお姫さまのような、超現実的な色彩をもって、私はまだ見ぬ親戚の一人の少女の面影を描いていたのである。病弱、美貌、我儘、どれも、私にはすばらしいもののように思えた。

いま、庭に屈み込んでいる梨花は、私がそれまで想像していたよりずっと大人びたませた少女だった。真黄色いジャケットを着て、髪は田舎の少女と同じように編んで背後に下げていた。白い犬を膝の上に抱いて日向《ひなた》ぼっこさせている姿は、我儘な少女というより寧《むし》ろしとやかな少女であり、美貌というより孤独な内気な面輪《おもわ》を持っていた。梨花は長いこと同じ姿勢で庭の一隅に身を屈めていた。私が梨花の母と応接間で話している間中、ほとんど三十分近くも彼女は同じ姿勢を保っていた。私は後にも先にもあんな清純な生きものを見たことはない。

「梨花、ちょっとお出で！」

縁側に立って行った母にそう言われて、梨花はその時はじめてこちらを向き、

「もう、後二分よ」

と言った。後で知ったのであるが、その時梨花は毎日の日課の一つである白い小犬に日光浴をさせていたのである。

やがて小犬を抱えて部屋に入って来た梨花は、私の方は見向きもしないで、そのまま部屋をつっきり隣室へ通り抜けて行きそうにした。

「御挨拶なさい！」

と母は言った。すると梨花は、

「だって、勉強があるんですもの」

と言った。

「御挨拶に時間はかからないでしょう」

　すると、彼女はひどく素直な感じで機械的に美しい笑顔を見せて、軽くにこやかに頭を下げ、次の瞬間はもう私などは問題にしないふうで部屋を出て行った。なるほど我儘で傲慢な少女のようだと思ったが、しかし、私には一瞬にしか現われなかった彼女の素直さの方が強く印象に残った。

　梨花の母が、奥へ行って、しばらく私一人そこに残されたが、その時、私は、自分が将来もし妻というようなものを娶《めと》ることがあるとすると、その相手の女性はいまのあの少女ではないかと思った。それは、後年時折この時のことを考えてみることがあったが、いつも、自分でよく理解できぬ一種の予感のようなものであったと思われた。神さまの思し召し、そんな感じであった。この少女をおいて、おそらく自分は他の女性と結婚しないだろう、そんな気持であった。

　私は、この梨花に会った最初の時、一目で自分が梨花に恋してしまったことを否定することはできない。実際に、私は梨花が好きになったのである。しかし、単に一人の少年が（私は当時十八歳だった）一人の少女を好きになったということ以外に、それとは、少し違ったものがそこには匿《かく》されていたのではないかと思う。私の恋情の中には、その最初の時から、何か運命的なものが、その場限りでない、一生を支配するような何ものかが匿れひそんでいたように思われる。これは、私の性格から来たものか、あるいは、私と梨花という人間の間に、もうどうすることもできないものとして、いわば神の定めた一つの約束のようなものとして、運命的に据え置かれてあったものか、私自身判断することはできない。

しかし、ともかく、私は一人の我儘で、病弱で、美貌な少女を、彼女と会った最初の時、なんの躊躇もなく瞬間的に自分の人生の伴侶として思い描いたのであった。というより、そう決定したのであった。あるいは決定されたのであった。私はその日は一時間ほどで後川家を辞し、友だちの家へ帰ったのであるが、この一時間の訪問は私の一生を支配する大きいものであった。

その後、私は京都の大学を出て、東京の東洋文化研究所に入所するまで、数年間、梨花と会う機会を持たなかった。梨花とは会わないばかりではなく、梨花という親戚の少女のことも忘れている時間が大部分であった。梨花のことを思い出すのは一年に何回か、ごく時たまであった。しかし、梨花という女性は、自分でも気付かないままに、私の心の中で絶えず大きい椅子を片隅に占めていたようである。というのは、私は学生時代に、いかなる恋愛も梨花に対する心の痛みなしにできなかったからである。

私は人並みに、高等学校の時も、京都の大学の時も二、三の小さい恋愛の経験を持っている。私は、最初二つ年長の女性と恋愛関係に入り、その女によって、異性との最初の接吻の経験を持ったのであるが、その女の顔から自分の顔を離したとき、私はふと十二、三の白い犬を抱いていた少女の顔を思い出した。そして、私はかすかに梨花に対して、良心の苛責に似た心の痛みを味わったのであった。

大学の時、私は二、三人の友だちとはじめて加茂川の畔りの妓楼《ぎろう》に泊り、惜しげもなく醜い女によって童貞を失ったのであるが、その時も、梨花のことを思い出し、絶望的な思いと激しい自責の念に打たれて一睡もできなかったものである。

私が学生時代に持ったいくつかの恋愛は、私にとってはいつも、所詮浮気でしかなかったようである。常に、もう、どのように成長しているかも知っていない東京の親戚の一人の少女が、それにもかかわらず、私の青春の情熱をどこからか冷たく監視していたのであった。

私が二度目に梨花と会ったのは、京都の大学をおえて、新しく某富豪の遺産によって設立された東洋文化研究所の研究員として東京に住むようになってからである。自由に自分の好きなことが研究できるという点で、俸給は少なかったが、研究所の生活は私には楽しかった。私はそのころ次々に紹介されたヴェルフリンとかドボルシャックとかリーグルとかのヨーロッパの新しい美術史家の仕事に目を奪われ、自分もまたまったく新しい見方によって体系づけられた東洋美術史を作り上げようという身のほども知らぬ夢想を抱き、それを研究所における自分の仕事として選んでいた。研究所に私は小さいながら自分一人の研究室を持っていた。窓ぎわには何個かの植木鉢をおき、書棚の上には、南方の土の人形と中国の出土品である小さい如意輪観音と朝鮮の陶器の破片とが飾られ、壁には洛陽の古市街図が貼られてあった。

そうした私の研究室へ、梨花がはじめて現われた時の私の驚きは激しいものであった。梨花がその身の周囲に漂わせている雰囲気は、ちょっと類のないゆたかな、あでやかな明かるいものであった。

「一度お訪ねしようと思っていたんですが」

そう言って、彼女は美しい天鵞絨《びろうど》の紫紺のコートを初々しい若妻のような仕種《しぐさ》で脱ぐと、それをきちんと小さくたたんで埃の載っている陳列ケースのガラスの上に置いた。

二十歳とはとうてい思われぬ落着きを、彼女は持っていた。もはや病弱な面影はどこにもなく、我儘なところも見えず、ただ美貌だけが、往時の蕾《つぼみ》の固さから、ゆたかに花咲いた派手なものに変っていた。白いふっくらとした頬、葡萄酒でも詰まっていそうな美しいふくよかな手指、卑しさの微塵もない、まっすぐに相手の目を見詰める目差《まなざし》、そして朗々と転ってゆくような笑い声！

私は一人で彼女の前に腰を降ろしていることはできなかった。彼女が持ってきたカステラの箱を前におくと、

「せっかくですから、友だちを呼んで来ましょう」

そう言って私は部屋を出て行った。その時私が連れてきたのが、岸本辰也だったのである。

岸本も私と同様にこの研究所の研究員だったが、二十人ほどいる研究員の中で、彼だけが何を研究の主題に選んでいるか判らなかった。考古学をやるのだと言っていたが、考古学に対する知識もいいかげんなものだったし、また彼の散漫な頭脳や性格は、小さい知識を積み重ねてゆく非凡な忍耐と、抜群の直観とを根柢とするこの特殊な学問とは、おのずから無縁なもののようであった。

彼は研究所の設立者の縁続きという関係で研究所に入ってきたのだが、いかにも間違って研究所に紛れ込んで来たといった夾雑物《きょうざつぶつ》の感じであった。しかし、私は話して疲れもせず毒にも薬にもならないという点において、そしてまた、その世話好きの性格のためにこまごまとした雑用をやって貰えるという点において、彼と比較的親しく交際していた。学究としてはからっきし見込みのない屑であったが、交際して別段邪魔になる、いやな相

手ではなかった。

彼は普通世間で言う美貌という範疇に入る容貌を持った男であった。しかし、私たちには、それが美貌としてうつるよりもむしろお人好しの愚鈍としてうつることの方が多かった。性格は少しおっちょこちょいのところはあったが、それだけに明かるく、まあまあいい人間と言える部類に属する男であった。

「ひどく、きれいなお嬢さんですな」

岸本は無遠慮にそんなことを言い、じっさい見惚《みと》れるように初対面の梨花の顔にまじまじと見入った。そして、

「古代、印度には美人の型が五種あったが、あなたはそのうちのどの型か、この次にいらっしゃる時までに調べておきます」

そんなことを大まじめで言った。私は、その時、わざわざ岸本などを引っぱってきたことを後悔した。彼が歯の浮くようなことを言う度に、私は何か美しいものが彼の無神経さによって冒瀆されてゆくようで、はらはらした。

梨花は一回研究所へ顔を出すと、それから後は、たいてい週に一回、時には二回も私を訪ねて来るようになった。

「せっかく参りましたのにお留守ですので、岸本さんの部屋でしばらく時間をつぶして帰

ることにいたします。このお留守のお部屋で一人で休んでいたらいいんですが、それが私にはできませんのね。静かで落着いたお上品なところがないのですわ、きっと」

そんな梨花の置手紙を、外出から帰った私が机の上に発見したことも何回かあった。

「わたし、はじめて岸本さんに紹介して戴いた時、あの方、曲馬団の人みたいな気がしました。鞭を振ったら似合うと思いましたの」

梨花は、そんなふうに辛辣に岸本を見ていた。そのくせ一人でいるよりは、そんな岸本でも相手にしないよりはいいという、そんな性格をたしかに梨花は持っているのであった。

私も、時には一人で、時には岸本を誘って二人で梨花の家を訪ねることもあった。梨花がはじめて研究室へ来てから半年ほどたったときのことである。私は岸本と二人で彼女の家で夕食を招ばれ、だいぶ遅くなってから辞去しようとすると、表門まで送ってきた梨花は、植込みの暗いところで、いきなり私に寄り添ってくると、

「こんど、お一人で来てくださいませな」

と小声で囁《ささや》き、

「これ、おみやげ！」

と、言ったかと思うと、きゅっと私の右手を力をこめて握り、それから大きい声で、岸本さんおやすみと、先に立っている岸本の方に声を掛け、そのまままくるりと身を翻すと、

玄関の方へ引き返して行ってしまった。

「おやすみ、おやすみなさい」

岸本はあわてて何回も梨花のうしろへ声を掛けた。私はそこだけ火傷《やけど》を負ったように火照っている右手の指を、そっとズボンのポケットにおさめた。

その次に梨花の家を訪問した時は、私一人であった。その日も、帰るとき梨花は表門まで送ってきて、植込みのところへくると、小声で、

「おみやげ上げましょうか」

と、言った。そして次の瞬間、とびつくようにして二本の腕を長身の私の肩に廻すと、とっさに前に身を屈した私の唇を、下からぴたりと彼女は二枚の柔かい美しいもので受け止めた。あっという一瞬の出来事であった。

彼女がすぐ背を向けて玄関の方へ引き返して行くのを見送りながら、私は梨花から思いがけず受けた接吻の味より、むしろ、その時の梨花の軽快な動作に、ひどく鮮やかなものを感じ、しばらくの間、身動きできないような気持で、彼女の俊敏なその時の動作の美しさに酔っていた。

しかし、私と梨花との関係はこれ以上進まなかった。というのは、梨花とそんなことがあって五日目に、私はちょうどその年の七月に勃発した中国との戦争に、未教育補充兵と

してかり出されてしまったからである。

私は召集令状を研究室で受け取った時、東北の連隊に入隊するまでに、両親のいる北国のK市に一泊で帰るのがやっとであることを知った。私はすぐ梨花に電話を掛け、こちらからは出向く余裕がないので、梨花の方から来て貰おうと思った。しかし、あいにく梨花は沼津の女学校の同級生のところへ遊びに行って留守だということだった。

それから一ヵ月ほどして、東京駅で私は大陸へ向かう軍用列車の窓から、研究所の友だちや梨花や梨花の母たちと短い時間だが会うことができた。

私は車室から降りることはできなかったので、窓からかわるがわる見送ってくれる人たちと握手して、落着かない気分で、短い面会時間を過した。そして列車が動き出す時、私は梨花が一団の人々の一番うしろでひどく震えているのを認めた。それは、普通の身の震わし方ではなかった。まるで機械仕掛ででもあるように、がくがくと大きく体を震わし、自分でもそれをどうすることもできないもののようであった。

そんな梨花に、私は激しい愛着を感じ、彼女を堪らなくいとしく思った。そして列車が動き出してから、私は梨花と一言も交していなかったことを思い出したのであった。

しかし、こうした梨花との間柄だったが、私がその梨花によって、煮湯《にえゆ》を呑ませられるような激しい痛苦を与えられたのは、それから一年とは経たない時のことである。

私の属した独立歩兵部隊は、その年から翌年の夏へかけて北中支に行われたあらゆる小戦闘に参加し、はじめて部隊が山西部の小聚落に駐屯したのは、私が応召した翌年の初夏であった。そしてそこに新しく開設された野戦郵便局から、私はある日、出征以来はじめての内地からの音信を何十通も一度に受け取ったのである。

その音信の中には、梨花からの手紙は、一通もなく、研究所の友だちからの二本の手紙によって、梨花が岸本辰也とかなり盛大な結婚式を目黒のG園で挙げたことを知ったのである。まったく私にとっては寝耳に水の思いがけないことであった。それは私の判断力ではとうてい理解しがたい出来事であった。

この時のなまなましい傷痕の疼《うず》きは、それから一年ほど、少しも、その痛みを減じなかった。もし、黄河の流域で行われた戦史には記載されない戦闘ではあったが、その戦闘の激しさと味方の損害の大きさでは、その年の最も困難な激戦の一つに数えられていい敵匪《てきひ》の迎撃戦を経験しなかったならば、梨花が私に与えた痛苦は、おそらく一生私の心の中で大きい傷口をひろげていたに違いない。

激戦のあけた翌日、何百名かの戦友たちの屍《かばね》を焼く紫のけむりを見詰めながら、私は幾千幾万の弾丸を飲み込んだ河川で真裸になって体を洗った。そのとき、私は何かわからないこみ上げてくる激情のため、はふり落つる涙を手の甲で拭いながら、生きていることのありがたさを知ったのであった。人間いかに苦しくても、生きなければならぬことを、生きるために努力しなければならぬことを、水の面に散り落つる陽の光りと、風の音と、岸の楊柳の青さの中に、私は知ったのであった。いま自分が死なないで生きていることの悦びとその尊さを感じたのであった。

実際、その戦闘の行われる時まで、私はいつ死んでもいいと思っていたのである。そんな自暴自棄の気持が私を支配していた。その日を境にして、私は生きてゆくことの尊さを感じた。と同時に、自分の心から梨花への憎しみが、狐憑《つ》きから狐が落ちたように、それが落ちたことを知ったのである。しかし、その戦闘の異常な経験をもってしても、私から落ちないものが一つあった。それは梨花への愛着であった。梨花への憎悪は落ちたけれど愛着は落ちなかった。今まではもう少し澄み渡った冷たさで、彼女への感情は依然として、私の心のどこかに、もう決して取り去ることのできぬ確かさで、象嵌《ぞうがん》されてあるのを認めないわけにはゆかなかったのである。

私が次に梨花に会ったのは、私が長い大陸の野戦生活から九死に一生を得て帰還して、内地の軍病院で療養生活を二年半ほど送り、ようやく健康も取り戻し、自由な身となって研究所へ帰ってきた終戦の年の五月である。

考えてみると、私は戦争の初めから終りまで八年の歳月を、兵隊として送ったわけであり、私が若々しい情熱をもって取りかかった東洋美術史の仕事も、いまや単に遠い青春の日の思い出のひと欠片《かけら》になろうとしていた。今さら、困難なその東洋美術史の仕事を継続してやる考えはなかったし、学問どころの時代ではなかったが、しかし、私はやはり東洋文化研究所へ帰ることにした。

研究所は、研究員の大半の者は応召して歯の抜けたような寂しい状態で、残っている研究生も、戦時下の日々のきびしい現実に見る影もなく痛めつけられて、事実上、学問の香のするあの八年前のなつかしい研究室の雰囲気というものはどこにも見出されなかった。どの研究室を覗いても窓ガラスは割れ埃にまみれていた。そしてそこに戦争というものにはもっとも不向きな男たちが、暗い顔をして惰性で机の上に横文字の書物を展《ひろ》げているのであった。

それはともかく、私は八年ぶりで、その研究所に毎日通う身になった。梨花の結婚した岸本辰也も三年ほど前応召し、南方に行ったらしいが、応召以来家へも研究所へも一本の音信もないので、どこでどうなっているか、生死のほども判らないということであった。

「奥さんは、子供さんを連れて、いつも月末に月給を受取りにくる」

岸本辰也の消息を伝えた所員のSは、最後にそんなことを言った。

「子供さんがあるの」

「ある。男の子で、こんな時代なのにいつもきれいにしている。岸本家はブルジョアなんだから、不思議はないようなものだが、あの奥さんはほとんど不自由というものを知らないのではないかな。時々、砂糖とか油とかそんなものをわれわれに持ってきてくれるんだ。どこで手に入れるのか、不思議な家だね、あそこは」

そんな梨花の噂を聞きながら、私は、八年前、東京駅のホームで体をがくがく震わせていた梨花の姿をなつかしく瞼に描いていた。戦地での一時期梨花のことであのように苦しんだことが、いまの私には寧ろ不思議でさえあった。梨花が岸本辰也と結婚しなかったとしても、八年の長い間、私という人間を待って結婚しないでいられる筈のものではなかった。所詮梨花という女性は私以外の男性と結婚する運命にあったのである。そうしたことを、八年という歳月は、私にたいした痛みを与えずに素直に考えさせているようであった。

梨花の噂を聞いてから十日ほど経ったある日、私は自分の部屋の扉がノックされたので、なんの気なしに、事務室の誰かが来たのだと思って、どうぞと言って振り向くと、意外にもそこには梨花が立っていた。

私ははっとした。見違えるほど肥っていた。そして自分の知っていたあのころの少女らしい固さはすっかり消えて、いまは眩《まぶ》しいほど立派な若夫人だった。それによくこんな服装で町を歩いて来られたと思うほど、梨花は、派手な和服を着ていた。そしていかにも嫣《えん》然《ぜん》とした感じで、大輪の薔薇《ばら》の花のように、にこやかに立っていた。

「お愕《おどろ》きになって？」

と梨花は言った。そして、

「お会いしたかったわ」

そう言うなり、つかつかと進んでくると、私の前に立ちはだかり、少しの不自然さもなく、私の両の手を取った。梨花の手はあたたかかった。

私の方は戸惑った。

「お子さんは？」

そんなことを、暫《しばら》くしてからやっと私は言った。

「今日は家へおいて来ました。私に似ているので仁科《にしな》さんにもかわいがって戴けると思いますわ」

私はそれとなく彼女の手から自分の手を放し、窓ぎわの椅子に彼女を坐らせた。

「事務所で、あなたがお帰りになったということを聞いて、おどろきましたわ。でも、うれしかった。もう二度とお目にかかれないかも知れないと思っていたんですもの。事務所の方が、私の来たことを知らせてあげようと言ってくれたんですが、それを断ったんです。あなたが会ってくださらないと、たいへんだと思ったので、自分でお部屋にまいりましたの」

そう言って、梨花は私の目を見詰め、それを外すと、

「やっぱり気がとがめますのね、わたし」

と、ひとごとのように、窓の外の青葉の茂りに視線を投げながら言った。

「気がとがめる？」

「でしょう、わたし、岸本と結婚したんですもの。でも幸せではありませんの。御想像どおり」

「僕は、あなたが不幸だろうなんて想像したことは一度もありませんよ」

「ほんとでしょうかしら。わたしが岸本といっしょになって不幸でないとお思いになれまして。わたし、神経のない人とはやって行けませんもの」

「じゃあ、なぜ結婚したんです」

「あのとき、わたし寂しかったの。とても寂しかったんですの。だれでも構わずすぐ結婚したかったんです」

そう言って、梨花は相変らず窓外の青葉を見詰めていたが、やや間《ま》をおいてから、軽い

声を出して笑った。

「わたしって、そんなところがある人間ですわ。いけない人間ですわ」

それから、もう一度笑って、私の方へ顔を向けた。

その日、私は三十分ほどで梨花を送って、二町ほどある電車の停留所まで行った。電車を待って彼女と並んで路傍に立っている時、若い青年たちの一団が私たちの前を通り過ぎていったが、二間ほど行き過ぎてから、

「非国民！」

という激しい怒気を含んだ声が、彼らの間から私たちの方へ投げられた。

梨花は聞えないふりをしていた。それは明らかに、梨花の時局をわきまえぬ派手な服装に対して投げつけられた非難であるに違いなかった。実際に非国民と言われても仕方がないほど、梨花は戦争とは縁の遠い服装をしていたし、また戦争とは縁の遠い表情をしていた。そしてまた、そもそも梨花の存在そのものが戦争とは無縁なもののように私には思われた。それだけにまた、時代ばなれした一種の狂い咲きのような美しさを梨花は身に付けているのであった。

梨花はぜひ遊びに来るようにと言って、郊外の家の地図まで書いてくれたが、私は彼女の家を訪ねなかった。その翌月も、翌々月も、梨花が月給を取りに来ると思われる月末は、

私は研究所を欠勤した。私は美しい梨花と会うのが怖かった。会ってはいけないという声が、心のどこからか自分に呼びかけていた。

八月の十四日の夜、私は郷里へ帰るために列車の乗車券を頼んでおいた大学時代の友だちを彼の勤先である新聞社に訪ねたが、その時、友は乗車券を手渡してくれるかわりに、明日重大放送があって、それでこのいやな戦争が終るということを興奮した口調で知らせてくれた。

私は赤味を帯《お》んだ下弦の月が暗いビルの上に出ているのを見詰めながら焼跡の一角で電車を待った。そして真暗い電車に乗って、三十分ほど焼野の町々を走り、郊外の自分の家へ帰ってきた。

そのころ私は、郊外のある宏壮な邸内にある小さい離れを借りていた。

広い邸内を横切って離れの方へ近付いて行くとき、私は自分の部屋の戸の隙間からかすかに燈火の洩れているのを見た。電燈を点《つ》け放しにした覚えはないので不審に思いながら、軒下まで行き、北側の窓の黒い遮蔽幕《しゃへいまく》の間から内部を覗くと、机の前に誰かが座っているのを見た。よく見ると梨花だった。横坐りの姿勢で彼女は頬杖をついていた。

私は思わず足音を忍ばせて、出入口になっている南の濡縁の方へ廻ってみると、縁の上に女草履《ぞうり》がきちんと揃えられて載せられてあった。私はそこから離れ、木蔭に行って、マッチを擦って時計を見た。十一時である。

私は再び足音を立てないようにして離れから遠ざかり、広い邸内の闇の中を歩き廻った。そして三十分ほどして、離れの方へ引き返してみると、こんどは離れの部屋の燈火は消えていた。梨花は帰ったものらしかった。

私が部屋へ上がって電燈を点けてみると、机の上には原稿用紙が拡げられ、その上に置手紙というよりは、退屈紛れにいたずら書きしたといった恰好で、五、六行の文字が認《したた》められてあった。

「明日、戦争が終るということを、ある方面から聞きました。お国が滅びますのね。わたしたちも明日からのことはわかりませんわ。お待ちしている間、歌を作ろうと思いましたができませんでした。下の句は、

　チリテノハナハイカガカザサメ

というのですが、その上ができませんでした。そんな気持でわたしはまいりました。でも帰ります。さようなら」

チリテノハナというのは「散りての花」というのであろうかと私は思った。歌の下の句だという一行の文句の意味は、私にははっきりとは理解できなかったが、妙な切ない息づかいのようなものが、少し闇《くら》い感じで胸に滲み込んできた。

私はその梨花の置手紙を胸にしまいこんで、蒲団の中へもぐり込んだ。その夜、私は眠れなかった。梨花の心がひどくいじらしいものとして切なく心に滲みてきたり、その反対に妙に女くさい淫らなものとして心に迫ってきたりした。私は敗戦前夜の東の空が明かるむまでまんじりともしなかった。そしてすっかり夜が明けてから、全身に汗を吹き出しながら苦しい眠りの谷へ落ち込んで行った。

終戦と同時に研究所は閉鎖され、私は大学時代の恩師であるＫ博士の推薦で、京都の大学で一週二時間ほどの講座を受持つことになった。京都の大学は私の母校でもあるし、戦争時代の八年のブランクを、私は静かな京都の大学で埋めたくもあったので、Ｋ博士の勧めを二つ返事で受諾したわけだった。

梨花とは終戦前夜のことを最後として、それからずっと会っていなかった。梨花には一言の挨拶もせず私は東京を引きあげたのである。梨花の生活も終戦を境として大きい変化があったであろうことは想像できたが、私は梨花とは再び会うまいと決心していた。京都へ引き移ってからも、「チリテノハナハイカガカザサメ」という一行の歌の文句を時々思い出すことがあった。そして、日が経つにつれ、あの夜自分が感じた淫らさは不思議にその歌詞から消えて、何か捨身になって必死の気持で自分の家へ飛び込んできた梨花が、妙に悲しく哀れに思えてくるのであった。敗戦ということを知った尋常ならぬ夜、彼女が私を訪ねてきたことを思うと、その梨花の心が私には時に何かひどくかけがえのない尊いもののように思われて来るのであった。そんなとき、それを知らん顔して避けた自分の常識的な態度に私は激しい自己嫌悪をおぼえた。

　京都へ移ってから二年目の夏、私は学会で小さい研究を発表するために久しぶりで東京の土を踏んだ。そして、本郷の大学の学会の会場で、私は東洋文化研究所時代の何人かの友だちと会った。その友だちの一人から、私は思いがけない報告を受けたのである。それは、岸本辰也が神田の焼残りの小さいビルの一室でカストリ屋を開いているという報告であった。

「変ったもんだな」

　と思わず私は言った。

「変ったよ。あれほどはっきりと百八十度転換したやつはないね。ずいぶん繁昌しているらしいよ。それに容貌も変って全部白髪になっているんだ。ずいぶん兵隊で苦労したらしい」

　それから、その友だちは、神田の岸本辰也の店の所在を詳しくノートの端し切れに書いてくれた。

「奥さんはどうしたのかしら」

「奥さんも店をやっているんだ。たいしたものだよ」

たいしたものだという意味が、いかなることか私には判らなかったが、梨花も岸本といっしょに働いているということを聞いてやはり私にはほっとする思いがあった。そしてほっとすると同時に、堪まらなく梨花に会ってみたい気持が湧き起ってきた。これは、梨花が彼女の夫である岸本辰也と一緒にいるということが、今まで私の心にかかっていた一種の抑制を取り外してしまったものらしかった。私はもう自分でどうすることもできないほど、梨花に会いたい気持が切なく盛り上ってくるのに堪えていた。


学会が終った日の午《ひる》さがりに、今ごろならまだ店も開けていまいから邪魔になることもあるまいと思って、私は神田へ友だちの書いてくれた地図をたよりに岸本の店を訪ねていった。


ビルとは名ばかりの三階建の小さい半焼半壊の建物で、その二階が、岸本と梨花の店らしかった。私は自分の体がやっと通れるか通れないかの狭い壊《こわ》れかかっている階段をのぼっていった。そして突き当りの扉を押すと、

「どなた！」

という声と一緒に五、六人の目がいっせいに私の方を見た。ごみごみした狭い汚い部屋

だった。粗末な椅子や空箱などに腰かけて三人の女と二人の男がいずれも半裸体で、どんぶり飯をかき込んでいた。

「まあ、仁科さん」

そう言って、簡単服の上半身を脱いで胸のところでくしゃくしゃと固め、両乳を露わにしている女がいきなり立ち上ったが、それが梨花だった。あまりの変り方に私は呆然とした。

「驚いたでしょう」

そう言う声だけが、かすかに以前の梨花の名残りを持っていた。

「よう」

そう言って、梨花のうしろから、これもどんぶりを置いて立ち上ってきたのは岸本辰也だった。なるほど頭髪は真白で、驚くほど老けていた。昔のお坊ちゃんらしい人のいいところも消えていた代りに、愚鈍なところもまた消えていた。

私はそこで三十分ほど、岸本辰也と十年ぶりで話をした。

「とにかく、金だけは摑まんとはじまらんからな。お蔭で日に千や二千円の金は、こうしていると入ってくるんだ」

「おやめなさいよ、そんな話。久しぶりでお会いしたのに！」

さすがに横から、梨花は岸本をたしなめたが、そのくせ、梨花は梨花で、

「御不自由なものがあったらお廻ししますわよ。表向きは飲屋なんですけど、本当は闇ブローカーなんです。その方が収入が多いんですの。昨日から今日にかけて、坐っていて、二、三万のお金が入って来ますのよ」

そんなことを臆面もなく梨花は言った。

梨花は全然化粧というものをしていなかった。化粧していない少し蒼味を帯びてみえる顔が、時々女中に物を命ずる時などきっとして幾分の凄さを持っていた。奥さんらしいところは影も形も消えていたが、天来の美貌は、そうした梨花の表情においては現在はまったく違ったものとして現われていた。

私がごみごみした狭い一室でビールを飲んでいる間も、入れかわり立ちかわり為体《えたい》の知れぬ風体の人物が現われ、物を運んで来たり、金を持って行ったりしていた。

「御苦労さん、バイバイ」

そんなことを言って、梨花は出入りする一癖ある連中を器用にあしらっていた。その応対ぶりは堂に入ったものだった。これが昔のあの白いむく犬を抱いていた梨花であろうか、あの私の首に飛びついて接吻した清潔で敏捷な少女であろうか、私はビールを飲みながら、そうした彼女に見入りながら感慨深いものがあった。

一時間ほどで私はそこを辞去した。そして陽のかんかん照りつける埃っぽい舗道を半町ほど歩いたころ、後から梨花が追いついてきた。

「京都の御住所書いてくださいませな」

と言った。その言葉は紛れもなく昔の梨花の言葉だった。

私は、彼女が差し出した伝票の綴込みの裏に、彼女が差し出した鉛筆で京都の住所を認めた。二人はしばらく向かいあって炎天の下に立っていた。梨花は何か話したそうに見えたが、ただ軽く息を弾ませて黙っていた。私を追って駈けてきたためであろう。

「御主人帰ってよかったですね」

私はそう言った。

「ええ、ありがとう」

梨花は素直に言ったが、改めて私の目を見ると、

「意地わるだわ、仁科さん！」

と言った。

「なぜですか」

「でも、こんなところをご覧になりにいらっしゃるんですもの」

「そんな——、元気で働いていらしったので、安心しました」

すると、梨花はちらっと皮肉な顔を見せると、

「じゃあ、お大事に！」

そう言って、くるりと背を向け、背を向けたままでしばらく立っていたが、顔に両手を当て、その姿勢のままで向こうへ歩いて行った。

私は、その時、梨花が泣いているとは思わなかった。一滴も涙を出さないで、両手を目に当て泣いたふりをしてみせているに違いないと思った。そう思いながらも、私はそうした梨花に一言も掛けないで立ち去るのが、ひどく彼女にむごい仕打ちのような気がした。

私が梨花という女性に、気持の上でいつか負債のようなものを背負っている自分に気付いたのは、この時がはじめてであった。梨花に対して、自分がなんの精神的負担を負うている筈はないわけだったが、私はなぜかこのとき激しくそうしたものを感じたのだった。

私は声を掛けようか、どうしようかと迷いながら、暫く立ち止まったまま、梨花の背後《うしろ》姿を見送っていた。

果して本当に泣いていたのかどうか判らぬが、梨花は両手を顔に当てたままの恰好で、いつまでも、のろのろと雑沓の中を力なく足を運んでいった。それはたとえ演技であったにしても、演技だけのもつ特殊な胸を打つものがあった。

私はその姿を思わず二、三歩追いかけ、すぐやめて反対の方向へ大股で歩いて行った。

私が京都の生活を四年で切り上げて、東京のある新制大学の教授として赴任したのは昨年の秋のことである。

それまでに、私はずっと梨花とも岸本とも会う機会を持たなかった。梨花から銀座裏にまあそう恥かしくない日本料理屋を構えたから、上京のついでがあったら立ち寄って戴きたいという案内の手紙を貰ったことはあったが、上京の機会も少なかったし、上京しても忙しくて暇がないままに、梨花の新しい店を訪ねる機会は私にやって来なかった。

私の梨花に対する関心は、この京都時代にある程度薄れてしまったようであった。しかし、ごくたまではあるが、やはり梨花のことは思い出した。幸運というものに逃げられてしまった男が、その逃げていってしまった幸運の背後姿を、ふと冷たい色彩のまったくない影絵のようなものとして、それでもやはり一種の心のたかぶりをもって思い出すことがあるように、私は梨花のことを、やはり、心のしんとなるような一種の冷たい激情で思い出すことがあった。

京都時代に、結婚の話が二回ほど持ち込まれたが、私は結婚する気持にはなれなかった。いつまでたっても、梨花とどうなるわけのものでもなかったが、はじめて東京の郊外の家で梨花に会ったとき、もし結婚するとすればおそらくこの女性であろうと思った、あの不思議な気持は、事態がまるで違ったものになってしまった現在でも、それはそれなりで、一つの別個の生きものとして私の心の中に生きていた。

はっきり言えば、私は梨花以外の女との結婚ということは、どうしても考えられないのであった。結婚するならば梨花、その梨花と結婚できないというならば、別にしいて結婚するには当らないではないか、そんな私の気持だった。生理的な問題を処理する方法は、結婚によらないでも別に不自由は感じなかった。私は何の愛情もなしに、商売女の一人とそうした交渉を持っていた。しかし、恋愛するような相手は、再び私の前には現われなかった。私は私の女性への情熱というものを、青春の日、梨花のために使い果してしまったのかも知れなかった。そうとでも思わなければ自分ながら理解できぬ自分の気持だった。東京に転勤して三月目に私は偶然梨花と銀座の宵の雑沓の中で会った。

こんどは、梨花はりゅうとした一目で高価と判る着物を着て、これもすごい恰好した中年の男と歩いていた。私はすぐ向こうからくる梨花に気付いたが、梨花の方でもすぐ私だと判ったらしく、

「あら、しばらく」

と、少し癇高い声で叫ぶと、いきなり、

「仁科さん、もう放しはしなくてよ」

と、走り寄ってきて、私の背広の袖を摑んだ。いかにも飛びついて来るといったその時の感じだった。娘のころの梨花に感じたことのあるあの敏捷さだった。

　ぷんと酒くさい息が私の顔にかかった。まだ明かるいのに梨花は酔っているのであった。

「お酒飲んでますの、ごめんなさい。ちょっと待っていてくださいな。連れと別れて来ます」

　そう言って、二、三歩離れかけたが、また戻ってくると、

「逃げてはいやですよ。いいですか、きっと逃げませんわね、ここに立ってらして！」

　そう言って、きっとひとつ睨むと、人混みを分けて、五、六間先で立ち止まっている連れの男のところへ足早やに去って行った。

　梨花の口調はすっかり前とは違って、水商売の女のそれに変っていた。酔っているせいもあろうが、私にはいまの女性が梨花であるとは、どうしても思えない気持だった。口調ばかりでなく、体の細胞の一つ一つまでが、すっかり変ってしまっているような、何もかもの、ひどい変りようだった。

　やがて引き返して来ると、梨花は、

「いいところへ御案内しますわ」

　そう言って、私の先に立って歩いて行ったが、入っていった店は、岸本辰也と彼女が経

営している店だった。堂々たる日本建築で、銀座辺でもそうざらにある料理屋の構えではなかった。広い十畳ほどの座敷がいくつかあり、女中たちも十人近くいるようだった。

「あいにく岸本がおりませんが、ゆっくりして戴きますわ」

二階の部屋に私を案内すると、さすがにその時だけ梨花の口調から今までのうわついているところが消えていた。梨花は女中に命じてビールとつまみものを運ばせた。

「立派な家を建てたものですね」

私がそう言うと、

「あの人、お金をつくることにかけては天才ですの」

「あなたも、しかし、このまえの神田の時は甲斐甲斐しい感じだった」

「そうですわ、わたし、あの時お金が欲しかったんですもの。一生懸命でしたわ。でもお金って、一応できてしまうと、わたしなんか、もう駄目なんですの。岸本とそこが違います。あの人ますますお金をつくることに没頭し、私の方は浮気をはじめました」

「昔は、あなたはそんなことを言いませんでした！」

「言わなかっただけですの、わたしは昔から浮気者ですわ、だって――」

と言いかけて、梨花は何を思ったのか急に口を噤《つぐ》んでしまい、

「ほんとうに、わたし、いま、いけないことばかりしていますのよ」

と言って、彼女は慣れた手つきでビールのコップを一息で空けた。

私は梨花と話していて、何か悲しいものだけが胸に来た。時々ひどく素直なものを見せるが、それにしても梨花はひどく荒《すさ》んでいるようだった。

「わたし困ったことがたくさんできてきそうな気持がしますの。みんな、これから仁科さんのところへ、持ち込みますわ」

そんなことをも、梨花は言った。

「でも、あなたとは決して浮気しませんの」

「したら、たいへんだ。岸本君に殺されちゃう」

冗談のつもりで私が言うと、

「殺しはしませんわよ。あの人はあの人でよろしく浮気してますの。そんなこととは別に、わたし仁科さんとは駄目ですわ。はじめから、何もかもずれちゃうんですもの」

ずれたのは、誰がずらしたのだと私は言いたかったが、もちろん、そんなことは口には出さなかった。

私はその晩は岸本が留守だということが気にかかって、一時間ほどで、そこを引き上げた。

それから十日ほどしてから、私は二度目に梨花の店を訪ねた。こんどは岸本がいた。岸

本は私の顔を見ると、

「出よう！　家の酒はうまくないから」

そう言って、私を戸外に待たせておいて、すぐ彼は出て来た。

「奥さんは？」

と訊くと、さあ、どうせ、どこかをほっつき歩いてるんだろうと、彼は、吐き棄てるように言った。

その晩、私は岸本と新橋の二、三軒の酒場を飲み歩いた。岸本は酔っぱらうとすぐだらしがなくなり、女たちを抱き寄せたり、手を握ったりした。

「また、はじまった、いや！」

そんなことを言って、女たちは、真実、いやそうに逃げ廻った。

最後に二人が小さい小料理屋へ入った時は、岸本は、酔いが醒めはじめたのか、少し蒼い顔をして、かえって見たところはしゃんとしていた。それでも仁科と呼びすてにしたり、仁科さんと言ったりしながら、同じ話を何回もくどくどと繰り返してはいたが、時々、思い出したように立ち上ってゆくと、電話を家へ掛けていた。

「まだ帰って来ないかい」

とか、

「帰ったらすぐ電話するように」

と言って、いまいる小料理屋の電話番号を知らせたりしていた。そんな岸本が、私の目には妙に寂しそうに映《うつ》った。岸本はいくら酔っぱらっても、やはり梨花のことを気にかけているふうであった。

それから半月ほどたって、三回目に私は岸本を訪ねた。こんどは岸本がいなくて、へべれけになった梨花がいた。

梨花は私を私だとは見極め得ないほど酔っていた。上もよいよい、下もよいと、淫らな歌を口誦さみながら、私にしなだれかかってきた。が、私がすぐ玄関先から帰ろうとすると、梨花は裸足《はだし》になって追いかけてきた。

「逃げるの、仁科さん」

と、梨花は絶叫するように言った。

私が立ち止まると、梨花はいきなり私の胸に取りすがってきた。そして、

「わたし、仁科さんがいらっしゃるので、もう安心して、なんの心配なく、身を持ち崩せるわ。どろどろのどぶの中へ、ずるずると落ちて行くの」

梨花がそう言ったとき、私は思わず梨花の体を自分から押し離すと、

「なぜ、そんな自暴自棄なことを言うんです」

と言った。

「訊きたいの、教えて上げましょうか」

そう言ったと思うと、つぎの瞬間彼女は激しく肩を震わせて泣き出した。夜更けではあったが、あたりにはまだ人通りがあったので、私は暗い狭い路地に裸足の梨花を連れ込んだ。

「岸本君も心配している、それが判りませんか」

「ほんとに、そうおっしゃるの？　本心でおっしゃるの？」

喋りながら梨花の体は絶えず震えていた。私は昔、梨花がホームで身を震わせていたことのあったのを思い出した。

「わたし、あの人がきらい。首筋を見てもぞっとする。昔からそうでした」

「でも、結婚したではありませんか」

すると突然、梨花は私の方へ顔を上げ、

「それをおっしゃりたいの、あなたは。悪魔！　ああ、こわい人！」

いかにも怖そうな表情をして、私をしばらく睨んでいたが、急に気が折れたふうにがくりとすると、

「喧嘩やめましょう」

と静かに言って、私の方を見た。その目はまださっきの涙で濡れていた。

「時々、いらしって！　ね、よくって！」

それから、梨花はふらふらと、私から離れると、右に左に揺れながら自分の家の方へ帰って行った。

私はその背後姿を見ながら、もしかしたら梨花はそれほど酔っているのではなくて、酔っているふうをしているのではないかと思った。


年が改ってから、梨花は突然、大学の私のところへ電話を掛けて来た。どうしても相談に乗って貰いたいことがあるから、会う場所を指定してくれということだった。

有楽町の喫茶店に、打合わせた時間に行ってみると、もう梨花は来ていた。

梨花の用件というのは、最近若い不良と関係ができて、どうしても先方が切れないので、会って何とか解決してくれということだった。

その日はよほど心配になっていると見えて梨花はにこりともせず、

「ごめんなさい、こんな用件で引っぱり出して！」

と、真実、すまなそうに言って、帰っていった。

私はこうした事件の処理にはまったく経験もなければ自信もなかったが、ある風の寒い日、場末の小さい喫茶店で、梨花の相手という美貌な二十四、五の青年と会った。彼は梨花に作ってもらったという贅沢な洋服と外套を身につけていた。顔はやさしくきれいだったが、口を開くと教養はなく、言葉は荒かった。

しかし、十分ほどの会合で、十万円ほどの金で事件は案外簡単に解決した。梨花から預かっていた三十万の金の中、十万円を手渡すと、

「お手数かけました」

そんな礼を言って、青年は映画のやくざ者のような身のこなしで出ていった。

この他に、もう一回、私は梨花に、彼女の不始末の解決を依頼された。それは前の事件から半月ほどしてからだった。こんどは主として金の問題だった。梨花は岸本に内緒で、銀座の店を抵当に入れて百何十万円かの金を費《つか》い込んでいるのであった。

「株って怖いものですわ」

そんなことを梨花は言ったが、その百数十万の金の使途は、株ばかりではないらしかった。やはり私などの想像できない男との複雑な関係が絡《から》んでいるものらしかった。

私にそんな大金の融通しようはなかったが、私は梨花の言う通り、何枚かの借用証書に保証人としての印を次々に捺《お》してやった。彼女は相手に何と吹っこんでいるのか私の大学教授という紙屑のような社会的信用を、実質の何層倍かに利用しているふうだった。

そんなことがあって十日ほどしてから、梨花は、郊外の私のアパートに訪ねてきた。部屋へ入ってくると、いいお部屋ね、とあたりを見廻して、

「なぜ、わたし、あなたとここに住めなかったんでしょう、不思議だわ」

と言った。その言葉はいつもの梨花に似ず妙に心に滲みる静かなものがあった。

梨花はその時は別段用事は持ってこなかった。ただひどく疲れているふうだった。

「お酒ありません？」

と言って、私の出してやったウィスキーを自分一人で、グラス二、三杯飲み、

「お仕事のお話を訊きたいわ。あなたのなさっている学問のお話」

「むずかしくて判らない」

「いいんですの、音楽でも聞くように、それをただ聞いていたいの。十何年、時々、あの研究所のお部屋のことを思い出して、そんなことを考えて来たわ」

私は梨花の素直な喋り方が少し気になって、

「何か心配がまたできたんですか」

と訊いた。

「なんにもありません」

ときっぱり梨花は言った。が、すぐ、

「ほんとうはみんな壊れかかっていますの、何もかも。でも、これでいいのです」

と言い直した。言葉の内容は暗かったが、その話し方には暗さは少しもなく、寧ろさばさばした明かるいものを持っていた。

その日は十分ほどで、梨花は帰って行った。

私はその後二カ月ほど梨花に会わなかった。銀座へ出る機会もあったが、足は梨花の店の方へは向かなかった。梨花を廻って、いろいろの悪いことが起っていそうな予感が、私の足を彼女の店の方へ向けさせなかったのである。

実際、ときたま私の耳に入ってくる梨花の噂は決して香《か》んばしいものではなかった。男を騙《だま》しているとか、悪い男に脅迫されているとか、梨花と岸本が銀座の店の前で組打ちの喧嘩をしているのを見たとか、そんな種類のものばかりであった。また岸本が梨花と私との間を疑って私に決闘を申し込むという噂もその中にはあった。

私はアパートの自分の部屋の扉を開ける時、時おりふと、あるいは梨花が来ているのではないかと思うことがあった。なんの根拠もない一瞬の思いであったが、なぜか、妙にそれは執拗に私の心に立ち現われるのであった。

そして、実際にその予感はまもなく現実となってやってきたのである。三月の末のことであった。その夜、八時ごろ、私が書物を読んでいる時、ノックなしに扉が開いたと思う

と、別人のように暗い顔をした梨花が入って来た。私は思わず、

「どうしたんです」

と声を掛けた。

「なんでもありませんの。ベッドへ休ませて戴きたいの。でも御迷惑になるかしら」

梨花がそう言ったとき、やったなと私は思った。梨花が毒を飲んでいることを、その時直観的に私は感じたのである。私はついに来るべきものが来たといった気持だった。梨花がこのようにしていつか自分の部屋へやって来るのを、もうずっと前から、私は無意識の中に予感していたようであった。少しも意外なものがやって来た気持ではなかった。

「構わない、お休みなさい」

と、私は言った。そうした私の気持を、梨花は梨花で見抜いているふうだった。

「おいやじゃありません？」

と、梨花は言った。

「静かに休んだらいいでしょう」

と、また私は言った。梨花はすぐ弱々しく目を逸らし、ベッドに横たわると、暫くしてから、

「許してくださる？」

と、ひとこと言った。そして一つ複雑な微笑を浮かべて、ひどくやさしく私を見入ると、そのまま静かになった。私がベッドの方を見たとき、彼女は深い眠りの中へ落ち込んでいた。

梨花が言った「許してくださる」という言葉を私は考えていた。それは、いつまでも私の心の中に冷たく突き刺さっていた。

そう言われてみれば、私は梨花を今まで決して許していなかったような気がするのであった。彼女を愛してはいたが、彼女を決して許してはいなかったような気がする。しかし、私はそれを後悔する気持はなかった。もし彼女の最初の過失を許したとしたら、私の梨花への愛情は、汚れて歪んだものになっていたに違いないのである。

私は決して許さなかったから、彼女は身を持ち崩して行ったのかも知れなかった。しかし、身を持ち崩すことによる以外、梨花が私への愛情を捧げ持っていられないこともまた、一つの悲しい事実のようであった。ともかく、白いむく犬を抱いていたあの我儘で、病弱で、美貌な少女は、いま、まったく変り果てた姿で私の部屋のベッドに横たわっているのであった。

私は梨花の苦悶がはじまるまで、椅子に腰かけたまま、刻々頭が鉄環でしめつけられるような痛みを増して来ることに堪えていた。戸外はひどい風であった。あらゆる樹木の葉を振り落すような激しい春の風が吹いていた。

斜面

猟の話をしろとおっしゃるならしないこともありませんが、私の話はあまり愉快な話にはならないと思うのです。折角、こんな天城の山の中の小さな宿屋でお知合になったのも、謂《い》ってみれば、まあ、何かの御縁でしょうから、どうせお話するなら愉快な明るいお話でもしたいのですが、どうも私のは暗いじめじめしたお話になりそうな気がします。

しかし狩猟家なんて言われる部類の人間は詮じ詰めるとみんな暗い話しか持っていない人間ではないでしょうか。元来生き物の生命を断つことを趣味とするというその事自体が、あまり明るい人間のやることではないのではないかと思うんです。

と言うと、折角猟をお始めになったばかりの貴方がたに対して大変失礼な言い草になって仕舞いますが、一年に何回か楽しみに鉄砲を持ってこうして山へやって来る貴方がたのような猟人は勿論例外なんです。そこには明るいも暗いもありません。その範囲にとどまっている限りは、あくまでこれは健康なスポーツですし、大いに奨励して狩猟を盛んにして戴いていいと思うんです。この点を、誤解なさらないで聞いて戴きましょう。そう、私ですか？　この天城へ脚を踏み入れるようになってからでも、彼是もう十年にはなりましょうか。仕事の方は猟の期間中はお蔭で殆ど休業状態です。勤人でないからこその点は融通が利くので、却《かえ》って不可《いけ》ないんですね。猟の解禁と同時に山に入り浸って仕舞うことに於ては、本職の猟師と殆ど差別ありませんよ。自分でもちょっと浅間しいくらいです。

　そんなに猟が好きかっておっしゃるんですか。好きかと言えば勿論好きには違いないんでしょうが、好き嫌いと言うより、もう業《ごう》みたいなものになっているんでしょうね。少くとも私の場合はそう言えると思うんです。好き嫌いの標準の尺度では割り切れないものがあるんです。嫌だと言えば、やはり嫌だと思うことが私にもありますね。しかし好きでも嫌いでも、とにかく、お前は鉄砲でも撃っている以外仕方がないではないか、そんな声が聞えるんです。勿論、自分が自分に言い聞かせている声なんですがね。

　私は猟を始めてから今日までの十年程の間に、やはり私と同じような、鉄砲を肩にしている間だけ、自分が本当に生きているといった心の落着きを感ずる何人かのアマチュア猟人を知っています。山の宿屋でだけの交際ですが、それでも五、六年から長いのは十年からの交際になりましょう。しかし、身の上話というのはお互いにしたことはありませんな。これが狩猟家といった人間の特殊な面白いところで、別段人の話も訊かない代りに、自分の方の話もしないんです。お互いの間にいつか黙契みたいなものが成立しているんですね。こう言っても、何も意識的に自分を自分の殻の中に閉じ込めて相手に示すのを嫌うというのではないのですが、まあ一口に言って、お互いに犯さず犯されず、自分の世界だけを守って、他人のことには関知しますまいといった気持を、いつかお互いが諒解《りょうかい》し合っているんです。だから、私が、猟に関する自分の考えとか平生思っていることなどをお話するということは、まあ、今夜が初めてでしょうね。

唐突な言い方で可笑《おか》しく聞えるかも知れませんが、銃口を生き物に当てて照準しているあの気持の中には、どこかに復讐といった気持があるかと思うんです。先刻《さっき》言ったようにアマチュア狩猟家のみなさんの場合は、そんなことはないでしょうが、猟というものを自分の生活から切り離せない程、その道に深く自分をのめり込ませて仕舞った人間なら、恐らく私の言い方に反対はしないと思うんです。まあこんな事を万一にでも口に出すことが嫌ですから、いま言ったお互いになるべく自己を語らない約束が暗黙裡に成立してしまうわけなんですが——。

空を翔《と》び立って行く小さい生命を射《う》ち落すということの中には、一点どこかに非道を敢てするという心の動き方があるんです。雉《きじ》でも山鳥でもそうしたものに照準している時、誰でも心にやはり一種の抵抗が働くと思うんです。その抵抗を押し切って引金を引く。次の瞬間高処《たかみ》からばっさりと生命が落ちて来る。到頭やって仕舞ったと思う。——猟を始めたばかりの時は、そうした自分の内面的な心の動きが、自分の技術に関する考えに覆われて全然見えないのです。射《あ》たるだろうとか、射たらないだろうとか、あるいはどうしても射ち落したいとか、そんな自分の力倆への期待や懸念で心はいっぱいになり、他のことは何も考える余裕がないんです。

ところが、何年かやっているうちに、勿論これは個人的な差違はあるんですが、自分の技術への関心がすうっと後へ引いて行って、銃口が覘《ねら》っている対象の小さい生命が、いきなり眼の前に大きく拡って来るのです。こうなっては不可ないと思うんです。私はここに一線を引いて、あなたがたのような猟を楽しむ人間と、猟にとっつかれて一生銃を放せなくなった人間とを区別出来るかと思うんです。自分の技術への関心があの引金を引く瞬間の自分を捉えている限りに於ては、狩猟をスポーツとして見ていいかと思います。が、その技術的なものへ全然心が捉われなくなって、空を飛んで行く鳥の生命が大きく見えて来た時は、なるべくなら銃を棄てたら間違いないと思いますね。

その時は、もう、復讐というあまり感心しない行為へ足を一歩踏み込んでいる時なんです。何へ復讐するかとおっしゃるんですか。勿論それは自分へでしょうな。自分の持っている何ものかへです。自分の不幸でもいいし、自分の不運でもいい、とにかく自分自身の持っている復讐しなければならぬ何ものかへ照準し、引金を引いていると思うんです。

これは少し飛躍した気障《きざ》な言い方とお思いになるでしょうが、あるいは素直にこう言っていいかも知れません。それは、鳥の生命が大きく銃を構えている眼の前に浮かび上って来て、撃とうか、撃つまいかという躊躇《ちゅうちょ》が発射直前の心に感じられるようになった時は、その人が既に不幸とか不運とかを背負っているということなのです。逆な言い方をすれば、そんな猟人にして初めて、あの何ものかを飛び超えようとする一種残酷な復讐の快感が味わわれるということなんです。

その時からその人間にとって狩猟というものは、最早スポーツでも、遊びでもなく、自分が生きて行くために是非とも必要な、肉体と精神の操作のある方式みたいなものになって行くと思います。

猟銃はそうした人にとっては重くも軽くも感じられないのです。所詮肉体の一箇所を沈静という一枚の板に留めるピンの役割を果しているのですから。又そうした人にとって、銃は最早鳥を射つ器具ではなく、銃口は常に自分の精神に向けられていると言っていいでしょう。

話が少し独断的になったようですが、まあ、こんな話はこのくらいにして、私が絶対に獲物の落ちた場所へ、獲物を探しに行かない理由でもお話しましょうか。

戦時下と言っても昭和十五、六年の、まだ世の中が今より暢気《のんき》な時代のことです。

現在は足を踏み入れませんが、同じこの天城の南斜面のＹ村という小さい温泉部落に、その頃、私は小さい別荘を持って殆どそこに妻と住んでいました。商売は今と同じように貿易関係の仕事を神戸でやっていましたが、その頃は七十幾つかでまだ矍鑠《かくしゃく》としていた父が一人で自由に仕事に腕を揮っていましたので、私は一年の大半をＹ村の別荘へ来て、のらくらしていればいい結構のような結構でないような身分でした。

私が猟を始めて三年目ぐらいでしたから、十六年のことです。初めて天城に霜が降りた日ですから、十一月の下旬だったと思います。

その日、私は八時に家を出て、Ｙ村の通常Ｓ沢と呼ばれている急勾配の間道から登って、いったん天城の尾根に出て、一日中銃を肩にして、南斜面の雑木林の中を、雉と山鳥を索《さが》して歩き廻ったのですが、私にしては珍らしく不猟の一日でした。午前中に、雉を二羽翔び立たせましたが、一度は見事に命中した奴が、切り削いだような狭いが深い渓谷の中に落ちて行き、残念ですが獲物を手にすることは断念《あきら》めるよりほか仕方がありませんでした。連れて行ったセッターのベルはさすがに断念め切れないらしく、殆ど半時間近くも、やたらにあちこちの崖っぷちを駈け回り、何回か体を逆さにして雑木の生い繁っている急斜面を降りかけましたが、結局は獲物の落ちた場所には近付くことは出来ないらしく、直ぐに又這《は》い上って来ました。午後は天城の鳥たちが一夜にして居所を変えてしまったのではないかと思われるくらいに、山鳩の羽音ひとつ耳にすることは出来ず、徒らに疲労が重く両脚にのしかかって来ただけでした。

こんな日はいつまで山の中をうろついていても徒労に決まっていますので、早目に家へ引き上げることにして、Y村の北に村を包むような恰好で迫っているR山に出て、そこの俗に崩場《くんば》と呼ばれている崖崩れの横の小径《こみち》に差しかかった頃はもう四時頃だったでしょうか。雨が降ると水の道にでもなるのか、道には一面に小さい石ころが露出していて、枯れた河底に似た赤土の上には一本の草も生えておりません。

山道には慣れている私ですが、いつもこの石坂道を歩くのが一番苦手でした。しかし、ここまで来ると、Y村の全景が眼に入って来ます。五十軒程の人家が、猫の額ほどの小さい場所にごちゃごちゃとばら撒《ま》かれているのが澄んだ空気の中に冷たく見えます。ここまで来れば村までは半時間程の道のりです。

漸くその歩きにくい石ころ道を抜けて、私が、最後の上りである丘陵の斜面へと道を取った時、思いがけず殆ど五間とは離れていない足許から一羽の雉が翔び立ったのです。その時私の立っている所は霜枯れた草があたり一面を覆っている雑木山の斜面の中腹で、道はその斜面に沿ってだらだらと降っているのですが、その道の右手五間程のところから山《さん》巓《てん》へかけて櫟《くぬぎ》や小楢《こなら》の雑木の茂みが続いています。雉はその茂みから突然翔び立ったのです。

はっとして思わず体に力を入れた拍子に足が滑って、斜面の草の上に片脚をつきましたが、私は直ぐその不安定な姿のままで、銃を構えていました。

櫟林の上をそれとすれすれに頂の方向に向けて翔んだ雉は、途中で急に方向を変えて、一気に谷を隔てた隣り山の斜面まで翔ぶつもりなのか、高処《たかみ》をめがけて舞い上って行きました。もう射ち落したも同じです。

私はじりじりと脚を前へ引いて無理な姿勢を直しながらその間も獲物から眼を放さず、その跡をつけて次第に銃口を上に上げて行きました。私は自分の片頬が照準時特有のあの緊張で微かに引きつるのを感じながら、一瞬息を詰めると、引金を引きました。

銃声が長く暮方の空気を裂いてあたりを谺《こだま》しました。引金を引いてからああむごい事をしたなと私は思いました。雉はいかにも一箇の物体が落ちる重い感じで、空間を一直線に落下して来ました。一瞬にして息絶えたような、不思議な感じの落ち方でした。落ちたところは、私の立っているところから百メートルほど離れた灌木の茂みの中なんです。

私は獲物が落下したと思われる地点まで、櫟の茂みを分けて近付いて行くと、その時下手の藪《やぶ》からがさがさと音を立ててベルが登って来る気配がしました。

私は目星を付けた地点で立ち止まると、茂みを透かして周囲を見廻していましたが、やがて自分の立っている場所から一間程下方の、そこだけ灌木の刈り払われた感じの霜枯れた草の覆っている斜面の上に、射ち落された雉が投げ出されたように横たわっているのを見付けました。

そこは私の立っている地点からは降りにくい崖下の場所でしたが、私はどうにか足場を見付けて、雑木の枝につかまりながら半ば滑り落ちるようにしてそこへ降りて行きました。気負い込んだベルが右手の藪から飛び込んで来たのと私がそこに降りたのと殆ど同時でした。

雉は既に息が絶えていました。両脚を揃えるようにして横倒しになってひどく素直な感じの死にざまでした。

私はともかく一羽仕留めた満足感で、そこへ腰を降ろし、煙草ケースから煙草を抜きました。これで、まあ、手ぶらで帰ることだけは免れたという気持でした。

腰を降ろしてから気付いたのですが、辺りはもと炭焼小屋か、炭の貯蔵小屋でもあったのか、二坪程の広さに雑木は刈り払われてあり、雑木山の斜面に外部からは見えないように作られた謂わば自然の小さい休息所、そんな感じの場所でした。

私はそこへ坐って燐寸《マッチ》を擦ろうとしましたが、ふとその手を止めました。足許に一枚の布片が落ちているのが私の眼に入って来たからです。

私は手を伸ばして、その布片を拾い上げると、コールテンのズボンの上にそれを拡げてみました。それは一枚のハンカチなのです。私がそのハンカチに眼を留めて、それを拾い上げたのは、そのハンカチの周辺に、青い絹糸でいかにも女学生でもしそうな、クローバーの葉を組み合わせた刺繍がしてあったからです。そして、私はいつか半年程前に熱心にこの刺繍をしていた何本かの白い指を知っていたからです。ハンカチは、やはり紛れもなく私の見覚えのあるものでした。

どうしてこんな箇処に、千加子――千加子と言うのが私の妻の名前ですが――のハンカチが落ちているのだろうか、と私は半ば呆然としながらそのハンカチを見詰めていました。

ハンカチは泥で汚れていましたが、まだここに捨てられてからそう日が経っているものとは思われません。それが証拠に雨に打たれた形跡はなく、四つに畳んであった折目さえまだ消えないで残っているのです。

突然、私ははっとすると、

「やっぱりそうだったのか」

と思いました。

その場所は村から半里程離れていますが、来ようと思えば女の足でも楽に半時間程で来られる場所なんです。しかも、誰の眼にも付かぬ、灌木の茂みに包み匿《かく》された小さい丘陵の斜面の凹処《くぼみ》です。冷たい風もここには吹き付けないし、日中なら南を受けて終日陽が当っている筈です。これほど恰好な秘密な休息場所があろうとは思われません。

私はここに千加子が来た筈だと思いました。そう遠くない日まさしくここに千加子は自分の体を運んで来た筈でした。来るのもいい、しかし彼女は何のために此処に来たのであるか。勿論、彼女は一人で来たのではないのです。誰かと来たのに違いないのです。

私は立ち上ると、残酷に雉の鼻に針金を突き通し、それを腰に付けると歩き出しました。

そして、

「まあ、よかろう。しかし、今度再び千加子がこの場所に現われた時は、ただでは済まなくなるだろう」

私はその時心の中でそんな独り言を繰り返していました。それは、まあその時私の心に閃《ひらめ》いた決意のような、妙に充実した不思議な意慾でした。私は歩き出しながら、ちらっとこの場所に俯伏して倒れている千加子のかぼそい肢体を眼に浮かべ、そして、それを眼に浮かべると、くらくらと眩暈《めまい》のするのを感じました。口の中はからからに乾いていました。

「それもよかろう」

そんなことを小さく口に出して言って、私は初めて妻の千加子に烈しい憎悪を感じました。実際に不倶戴天の憎しみを、十二歳違っている若い妻に感じたのです。

私は興奮しては不可ない、興奮しては不可ないと自分に言い聞かせながら、絶えず背後から突かれているような不安定な気持で、足許をふらふらさせながら丘陵の斜面の小径を降りて行ったものです。

今にして考えれば、私は見事に雉に復讐されたのです。

ここまでお話したら既に御想像のことと思いますが、千加子はある男と二人で、その私がハンカチを拾った場所へやって来たことがあったのです。

ここで妻のことを説明しますが、千加子は私の亡くなった前の妻の真奈子の妹でして、真奈子が亡くなった後で、つまり義兄であった私のところへ後妻として嫁いで来たのです。

そんなわけで、その頃既に私は三十五、六でしたが、千加子の方はまだ二十三か四で、二人の間には十歳以上の年齢の開きがありました。

と言って、私と千加子の間は、別段不和だったわけではなく、口争い一つしたことはなかったと言っていいくらいなんです。

姉の真奈子が明るくて幾分お侠《きゃ》んなところのある性格だったのに反し、千加子の方はどちらかと言えば、無口で、笑う時も声を出さないで笑うという少し何処か暗いところのある女でした。

その千加子が、この村の旧家の一人息子でK大学在学中体を悪くして帰省している江川佐美夫という学生ととかくの風評があることは、以前から何回か私の耳にも入っていたのですが、私は全くその風評を取り上げていなかったのです。私は、自分が泊りがけで他村へ猟に行くことが多く、若い妻が留守を守りがちなので、そんなところから来る口うるさい田舎の人たちの根も葉もない蔭口だとばかり思っていたのです。

実際に、私が山で妻のハンカチを発見する少し前に、千加子と佐美夫の二人が連れ立って小学校の裏手の山へ登って行ったという噂を、村人の一人から私は聞いていたのです。私が半島の西海岸の土肥《とい》の方へ二泊の旅行をした留守の間の出来事だと言うのです。私はその噂を耳にした時、よほどその事を千加子に訊いて事の真偽を確めようかと思ったのですが、何かそんな噂を真に受けるのも莫迦《ばか》らしい気持がして、すんでの所で口を噤《つぐ》んで仕舞ったのです。

それに千加子の性質もいま申上げたように大人しすぎる程内気の方ですし、相手の江川佐美夫も青年にしては少し物足りぬくらい無気力で、真面目な気の弱い印象を、私は家に遊びに来る彼から受けていました。

しかし山で妻のハンカチを自分の手で発見したとなると、事情はがらりと変って仕舞います。それから一週間というものは私には相当苦しい期間でした。私は猟にも行かず、自分の部屋に閉じ籠って、口数少く不機嫌に暮したのですが、丁度ハンカチの事件から一週間目の日、夕食が済んでから、

「明日一晩泊りで山向こうへ行こうかと思うんだが」

と私は千加子に言いました。これは私が一週間考えに考え抜いた挙句の言葉でした。

「朝、お早いんですの」

と千加子が言います。

「いつもぐらいに、九時頃家を出よう」

と言うと、

「じゃあ、お弁当作っておきますわ」

と千加子は言います。その時気付いたのですが、情愛がないと言えば、なんの情愛もな

い甚だ事務的な冷んやりした受け応えなんです。しかしこれは何もその日に限ったことではなく、従来の私には少しもこれが不自然には聞えていなかったのです。今更に気付いてみると世の常の夫婦の会話とは言えないようです。何かが欠けているんです。しかし妻の冷たさに気付くと同時に、私はそれに今まで気付かなかった自分の冷たさにもまた気付いた気持でした。

「だから明日一日は帰らないが、明後日は午前中に帰るつもりだ」

私はこの言葉で自分が留守にする日を明日一日に限定して相手に伝えたつもりでした。そして、更に、当分これで遠出をやめにすることを告げて、お前たちが密会するなら機会は明日だけだということを、私はそれとなく妻に暗示したものでした。

翌日、私は九時に家を出ると、小学校の横手の小径を登り、櫟林を抜けて、一旦丘陵と丘陵とに挟まれた小さい谷合に降りて、その谷川に沿って再びだらだらと登りになっている間道を登って行きました。そして途中から新しく眼の前に現れた雑木林の斜面へと道を取りました。それがこの間雉を落した山の斜面です。

千加子のハンカチを発見した茂みの中の場所は直ぐ判りました。私はその箇処から三十メートル程上手に、坐りよさそうな場所を物色すると、そこへ革ジャンパアを敷いて席を作りました。

その日は朝起きた時はかなり寒気がひどかったのですが、その時は陽が高くなっていたので、ジャンパアを脱いだジャケツ一枚の恰好でも、体にじっとりと汗ばむ程の暖かさでした。私はそこに腰を降ろすと、そこから動きませんでした。坐っていても、そこからは、千加子のハンカチを発見した場所が丈低い雑木の茂みを透かして見通せるのです。

私は自分でも不思議に思われる忍耐で、何時間もそこに坐り通しました。弁当を食べ、煙草《たばこ》を二箱空にし、銃を丹念に手入れし、後は初冬の陽を真向かいから浴びて坐っていたのです。

三時少し前に人声がどの方向とも判らぬところから微かに私の耳に入って来ました。が、それは直ぐ途絶えましたが、次に私の耳に入って来た時は、驚く程身近でした。

「危いわよ、気を付けないと」

と言う女の声がします。

「このまえ此処で棘《とげ》を刺したでしょう」

若々しく明るい、誰をも憚《はばか》らぬ浮き浮きした女の高声です。それは私にはどうしても千加子の声とは思えませんでした。それに対して相手の声は聞えませんでした。

やがて、斜面の下の方で、がさがさと灌木の茂みを掻き分ける音がしたと思うと、私の予期していた場所に、突然ひと組の男女の姿が現れました。いかにもひと組と言った感じの現れ方で、女は千加子、男は江川佐美夫です。

私の見ていることも知らないで、二人は並んでそこに腰を降ろしました。

そして何か喋り合っている風でしたが、今度は女の声は低くて、私の耳には届きませんでした。私の眼には二人の背だけが見えていました。千加子は平生着《ふだんぎ》にしているスキーズボンのような型のズボンの上に、家でもめったに着ない海老茶《えびちゃ》のセエータアを着ており、それが私の眼に、妻を別人のように若々しく、溌剌《はつらつ》と見せていました。

江川佐美夫の方は、学生服の上に、半外套を纏《まと》っているらしく、長髪が外套の襟《えり》のところまで垂れ下がって、それが泰西名画などに見える悪魔を私に思い出させました。

二人は長いこと姿勢を崩しませんでしたが、そのうちにくつくつと笑い声だけが聞えたと思うと、千加子の手が、江川佐美夫の肩に伸びました。が、伸びただけで相変らず二人の姿勢は崩れませんでした。

やがて千加子はもう一本の腕をも江川佐美夫の肩に廻し、突然祈るような恰好で、男の胸に顔を埋めました。依然として男は身動きしませんでした。

気が付いた時、私はそうした二人の姿にぴたりと銃を照準していました。何時《いつ》そうしたか自分でも知らないのですが、そうしている自分に気付いた時、私ははっとして銃から右手を放し、ズボンで掌の汗を拭きました。

私の眼の先きで、鋼鉄の銃身が長く見えたり、いきなり長さを消した黒い一点に縮まったりします。そしてその黒い一点の向こうには、ひと組の男女が彫刻のように何時までも動かないで置かれてあります。

なんとも言えない嫌な時間でした。もし二人の男女のどちらかでもその時少しでも動いたとしたら、私は引金を引いていたと思うんです。私は二人に照準していましたが、もともと二人を射殺する気持はありませんでした。小さい銃弾は不埒《ふらち》な一組の男女の足か手を傷つけて飛ぶ筈でした。私の射撃の腕前をもってすれば、それはさして難しいことではなかったのです。

私は苦しさに耐えかねて顔を上げました。その私の眼にひどく幼い千加子の求愛の姿態と、不器用に固くなって視線をあらぬ方向に向けている江川佐美夫の姿が、改めて莫迦莫迦しいような幼さで映っていました。すると、突然、私の心に激情が突き上げて来ました。しかしそれは不思議に怒りとは少し違った感情の奔騰でした。何と言ったらいいでしょうか、妙に物悲しい腹立たしいやり切れない気持なんです。

二人はそのまま何時までも動かず、それから先きどうすることも出来ないもののようでした。二人の男女の持つ物慣れぬ幼さが、二人を愚かな間の抜けた彫刻にしているんです。

私にはそんな千加子が淫らにも不貞にも見えませんでした。寧《むし》ろ私が一度も眼にしたことのない千加子のそんな初々しい幼稚さが、幾分の痛みを伴って、私の胸を緊め付けて来ました。そこにあるものは、妙な哀れさだけでした。何とやり切れぬ間の抜けた恰好をしているのだと私は思いました。私に一度も見せたことのないはにかみと愛情が、千加子をまるで一人の世慣れぬ少女にしているのです。

その時千加子は泣いていたかとも思うんです。とにかく校庭のクローバの上で抱き合っている少年と少女のように、二人の姿は姦通男女の不逞さとは凡そ遠いものに私には思われました。

私は、その時、自分の欠点を見せ付けられているような変梃《へんてこ》な気持に落ち込んでいました。自分がそのような幼稚な程度にしか、若い妻の心身を教育してなかったことを今更に思い知らされているような気がしていました。考えてみれば千加子のかぼそい体軀に、私は女としての情熱を沸き立たせてやったこともなかったようですし、愛するという短い言葉をその胸の中に落してやって、それに依って心の中を溢れるものでざわざわと波立たせてやったこともなかったようです。

千加子は、その時初めて江川佐美夫に対して、二十三の女としての何ものかに眼覚めようとしているようでした。彼女にとって江川佐美夫こそ最初の男性であるに違いなかったのです。

何故かっておっしゃるのですか。私は千加子と一緒に暮していた間、千加子を愛するよりは鳥を追いかけることの方が、はるかに私には重大だったからです。

私は立ち上がると、二人に気付かれぬようにその場を離れました。もう決して二人からも見られず、二人の方も見ることの出来ない反対側の斜面へと降りて行きました。

私はその後間もなく千加子を離縁しました。と同時に、私もまたY村の別荘を引き払いましたので、千加子と江川佐美夫が如何なる状態にあったかは全然知りません。千加子はそれから三年程して、神戸の医者に嫁いでいまは二児の母になっているということを聞いています。

私？　私はそれ以来独身生活です。

さて、私のお話というのは、以上のようなものしか無いんですが、私が平気でこうしたことをお話するのを、先刻から驚いていらっしゃるようですが、私も自分がこうしたことを平気で喋れることに、実は自分で喋りながら驚いていたのです。こういうところが、猟に魂を盗られて仕舞った人間の人間たるところかも知れませんな。

そうです。まだお話することが一つ残っていました。それは私が猟をやり始めた動機なのですが、これは私が前の妻の真奈子を喪ってからふとやってみたくなって始めたことなんです。もっとはっきり言えば真奈子の居ない世界では、私は猟でもやる以外仕方がなかったのです。私は猟銃を手にする最初の時から、既に銃口を自分自身に向けていたかも知れません。初めて銃を肩にした時既に健康な銃の担い方ではなかったかも知れません。私は最初から何ものかに復讐するつもりで猟の世界へ入ったのかも知れません。それは、まあ、御想像に任せるとして、しかし、どうやら私は逆に復讐されたようです。

今年は天城は南北両斜面とも雉が多いようです。一日に何羽落すか、みなさんから大いに手柄話を聞かせて戴きたいと思いますね。

私ですか、私はまあ平均三羽ぐらいでしょうか。一羽も落さぬ時もあれば、めちゃくちゃに落す時もあります。全くのその時の気分次第と言っていいでしょう。

山鳥にしろ雉にしろ、小川とか沢とかを翔び立つ時は射てないものですね、射つ気持になれないのです。羽音も凄まじいし、羽搏《はばた》く恰好も見ていて胸が緊め上げられるように切ないものです。水墨画によく蘆雁《ろがん》とか、雪の置いてある水辺を翔び立つ鳥の図がありますが、あれは生きものの生命の持つ淋しさの象徴ではないかと思います。そんなことをお感じになりませんか。

尤もそんな事をお気付きの時は、ゴルフへでも転向なさるんですね。この世界に長居は無用です。

雷雨

その日魁太は山葵沢《わさびざわ》の仕事を休んで、息子の啓介の黒い背広を着て、村役場のある部落まで、山を切り開いて両側に赤土の山腹が露出している新道を下って行った。途中で、玄一郎の乗っているバスが着くまでにもう殆ど時間がないと思ったので、部落の境の土橋のあるところから、道を小学校の裏手に出る山沿いの間道に取った。間道に入ると、狭い道一面に生い繁っている夏草の朝露が、洋服のズボンの裾と、これも啓介のもので少し魁太の足には大きい靴をびっしょり濡らした。

小学校の裏手から再び広い新道に出ると、ここからは役場まで三、四町の距離である。役場の隣がバスの停留所になっていて、昨日此処から四里程隔たった温泉部落に泊まった西尾玄一郎の一行が今朝一番のバスでそこに着く筈であった。

新道へ出ると、魁太は三人の村人に出遇った。彼は何十年来の習性で、村の誰にも絶対に自分の方から挨拶をするということはなかった。憎まれながらもそれで通っていた。父っさん、早いなと、山仕事へ出掛けるらしい青年が声をかけた。玄一郎が来るそうでなと、魁太はその方は見向きもしないで答えた。次に遇ったのは、畠にでも見廻りに行くらしい電気工夫の次郎だったが、魁太は平生ならこの中年の独身者には大きく頷くだけで相手を黙殺してしまうのだが、今日は、玄一郎が来るそうでなと同じ事を答えた。

　三番目は学校の横手の宿舎に住んでいる小学校の若い教員だったが、魁太は、孫の一人が世話になっている手前もあって、玄の野郎が来るちゅうから出迎えんばなるまいと思っての、と彼としては幾分丁寧に答えた。教員は、魁太の言う意味が直ぐには解りかねたらしく、え？　といった風に魁太の顔を見た。

「玄の奴よ、西尾玄一郎よ。あいつは小学校の時は俺と同じ学年でな、出来ん奴だったが、現在は豪物《えらぶつ》になっとるそうじゃで、顔を拝んで来るべと思ってな」

　と、魁太は言った。その言葉で若い教員は初めて魁太の言うところを諒解したらしく、

「そうそう、今朝だったね、西尾さんの来るのは。たいしたもんだな、あのくらいになると――」

「たいしたもんか何か知らんが、墓参に十年も来ん了簡じゃ」

　意地悪く魁太は眼を光らせた。そして、

「勉強せえや、お前さんも、人間豪くなったもんが勝じゃ」

そう言い棄てて、教員の方に、それが彼が村の誰からも嫌われる原因の一つになっている横柄な一瞥を与えると、又歩き出した。

口ではそんな事を言っていたが、今朝の魁太は、この村から出た有名な地質学者西尾玄一郎に、いつも程の敵意を感じていなかった。といって、他の村人のように、西尾玄一郎を郷土の誇りのように思い込んで、その十余年振りの帰国を大騒ぎして迎える気持は勿論持っていなかった。よし俺もひとつ玄一郎に会ってやんべ、どんな顔をしおるか、だが、俺は他の村の奴等とはわけが違うんだぞ、あまり調子に乗るなよ、そんな気持だった。

しかし、魁太はもともと理学博士の西尾玄一郎を敵視するなんの根拠も持っているわけではなかった。大体西尾玄一郎がいかなることをしている学者であるかも、その仕事がどんな価値を持っているものであるかも、魁太にはてんで見当がつかなかった。六十八歳のこの年になるまで、特にこの人物にもその仕事にも関心を持ったことはなかった。なんでも東京に出て大学の豪い先生になっているという噂を、何十年も前から、極く時折耳にして来ただけの話である。どうせ先生なんかしていちゃあ、さぞ金には縁がなかんべ、そんな風な言葉で、そうした噂の出る度に、多少彼の名声にけちを付けて来ただけである。しかし、けちを付ける度に魁太のけちの付け方が露骨になって行った事は事実である。なぜ自分の気持がそうしたことになるか魁太自身にも解らなかったが、ともかく魁太の西尾玄一郎に対する反撥的感情は年を経るにつれて少しずつ烈しさを加えて来た形で、謂ってみれば、それは魁太の生涯を通じて徐々に形成され、その深さを加えて来たものであった。

しかし、魁太が西尾玄一郎にはっきりと敵意のようなものを感じ始めたのは終戦後のことである。終戦後、西尾玄一郎の人物や業績が急に新聞や雑誌などでやかましく言われるようになり、文部省や新聞社などから立て続けに大きく表彰される機会を持って、彼が大学者としての風貌を急に社会の表面に現わして来るようになってからのことである。自然この村でも西尾玄一郎の名が魁太の耳にも入ってくる度数は多くなり、村の集会の席などでも一度や二度は必ず西尾玄一郎の名が飛び出して来るようになった。その頃から魁太の心のどこかには、今までなんとなく流れていた反撥的感情が幾分形を整えて大きく成長して、西尾玄一郎の名声を苦々しく思う、一種の憎しみの感情へと移行し始めたのである。そうした彼に対する敵意が、一体何に根差し、どこからやって来るか、魁太自身にもはっきりとは解っていなかった。

大体西尾玄一郎に対して、魁太が他の村人と違うところは、魁太がこの村で西尾玄一郎の幼少時代を一番よく知っている人間であるという一事以外、別段これと言って何ものもないようであった。まだ日清戦争の起る前だから明治二十四、五年頃であったろうか、魁太は村の小さい小学校へ、二年程の短い期間だったが、玄一郎と一緒に通ったことがある。

おめえら知るめえが、玄一郎の父親というのは渡りもんでな、こんな風によく魁太は言うが、実際にその当時西尾玄一郎の一家は、半島の中央を横断しているA山脈を隔てて、丁度この村と対蹠《たいせき》的な位置にある小さい山村からこの土地へ移り住んで来たのであって、昔からのこの土地の人間ではなかった。玄一郎の両親はこの村へ来ると、雑貨屋を始め、その商売が当たって土地も買い家も建てたが、最初父親が胸を悪くしたのが始まりで、この土地に来て五年程の間に、玄一郎を除いて四人の家族がばたばたと死に絶えてしまった。魁太が玄一郎と小学校で机を並べたというのは、既に父親が亡くなり、母親がぶらぶらしていた頃であった。玄一郎は三年の時にはもう孤児となって、その頃ここから十里程離れた町場で芸者屋か何かをしていた母方の親戚の方へ引き取られて行ってしまったので、魁太と玄一郎の幼い交際も僅か小学校一年、二年の極く短い期間のことである。

その小学校の頃、魁太や玄一郎の学級は男女合わせて二十何人かあったが、成績は魁太がずばぬけてよかった。窓に障子のはまった板敷の部屋に、寺子屋式の長い机を並べて、その前に生徒たちは並んだが、玄一郎はいつも一番前の片隅に居た。魁太の記憶によると、玄一郎は成績も下の方で、なんの取柄もない青ぶくれの不健康な少年で、汚らしい縞の着物を着て、兵児帯《へこおび》をしめないで、藁草履のすその切れたのをつっかけていた。兵児帯をしめていないのは玄一郎だけだった。

町場の親戚へ引き取られて行った玄一郎が、次にこの土地へ姿を現わしたのは、それから五、六年後のことで、玄一郎は中学の制服を着て、伯母に当たる人とやって来て、もと玄一郎の一家が住んでいた隣家の駄菓子屋の二階に泊まり込み、そこで玄一郎の両親や弟妹たちの法要を行なった。この時は、後で、村などでは想像もつかぬその法要の簡単さが、半ば悪口の形で喧伝《けんでん》されたが、その時魁太はその噂を聞いただけで玄一郎とは会わなかった。

その次に玄一郎がこの村へやって来たのは、更に数年経ってからで、玄一郎は大学の制服を着て角帽を冠り、この部落の渓谷にある鉱泉宿に四、五泊していた。この時も、魁太は後でその話を聞いただけで玄一郎とは会わなかった。

それからさらに何年かしてから、玄一郎はこの村へやって来た。今度は一人でなく、ひどく派手な服装をした若い女といっしょだった。それが玄一郎の細君であることは、彼等の泊まっていた鉱泉宿に招かれて、披露の意味を含めた夕食の御馳走になった二、三人の村人しか知らなかった。その村人も現在全部死に絶えている。その玄一郎の新婚旅行の時、魁太は十数年振りで玄一郎に会った。渓谷へ降りて行く坂道の途中だった。魁太は玄一郎が来ているという噂を耳にしていたので向うからやって来る若い二人連れが玄一郎たちであることはすぐ判ったが、擦れ違っても声はかけなかった。向うでも知っているのか、知らないのか、その時二人の眼は同時に魁太の方を射たが、それは路傍の石にでも注がれるような無関心な眼の感じで、すぐ外された。そして、

「静かだなあ」

と言う玄一郎の声とそれに何か答えている女の声が、ひどく突き放されたような遠さで魁太の背後で聞こえた。

それ以後は、大体数年おきぐらいに一回の割で、忘れられた頃彼は妻子と共にこの村へ姿を現わしていた。いつも、昔の鉱泉宿が大きい資本で改装された渓谷のホテルに泊まっていて、村人とは話もしない風であったが、彼が去ってから、なんとなく彼が来ていたという噂が村にひろまるのが常だった。難しい書物を鞄いっぱい詰め込んで来て全部読んで帰ったとか、大学生が何人もお供について来たとか、両親の墓石を建てたが、何年もほうっておいたくらいだからひどく貧相なものだとか、その度に雑多な話題が、いつも彼が居なくなってから村人の間に伝わった。

今度の玄一郎の帰省は十数年振りであった。この十数年の間に完全に玄一郎は知名な学者になっていた。その反対に、魁太の方は、四十代に持って生まれた狡猾さと多少の才気で築いた小金をその後思惑の木材事業で全部使い果たし、吝嗇《けち》と傲慢さだけを残して無一

物になっていた。もともと、親戚の所有だったものを誤魔化して自分のものとした椎茸山のお蔭で、一時は少しは生活のゆとりも出来たが、それも終戦後は人手に渡り、父から譲られた山も田畑も大方は売り払っていた。

今度の玄一郎の帰省が伝えられた時、魁太はなぜか烈しい憎悪をこの幼友達に感じた。文部省の役人やら、多勢の学者たちが、玄一郎のお供でやって来るそうだと聞くと、その仰々しさが、何か腹に据えかねる思いだった。新聞によれば、近頃いろいろな意味で学界の各方面の問題になっているA山脈を地質学的に調査するのが、玄一郎およびその一行の目的だったが、

「何をするか知んねえが、村にはびた一文も落ちまいに」

と、玄一郎の噂が出る度に、魁太は毒のある口調で言った。しかし、その言葉はそのまま魁太自身に撥ね返って来るだけで、村人にはなんの反応も示さなかった。魁太の言葉で言えば、芸もねえことであったが、村人の多くは、この村から出た著名な老学者の顔を、自分たちの同村人として眺めることに大きい期待と、ただそれだけで充分の満足を持っているようであった。

しかし、この魁太にふと玄一郎に何十年振りかで会ってみようかという気持を起させたのは昨日の夕方のことである。僅かばかりの村税のことで、負けなくてもとんとん、万一

負ければそれだけ得だといういつもの了簡で、彼は役場へ文句をつけに出掛けたのであるが、その時役場の吏員の一人から玄二郎が山の北斜面のあちこちに散在している俗に崩場《くんば》と呼ばれている何ヵ所かの山崩れの跡を調査するために来るのだということを聞いて、魁太は異様な気がしたのであった。

「崩場見て何にするだべ」

彼はそう言いながら急に心がしんとなるのを感じた。六十年前の幼時のことが、この時どこからともなく魁太の心の中に蘇って来たのであった。玄二郎と二人で、粘土を取るためにA山の何ヵ所かの崩場を次から次へと経めぐった日のことが、茶碗の破片でも陽に輝いているような、そんな遠い冷たいきらめきで思い出されて来たのである。K川の流れに沿って湿った落葉を敷き詰めてある細い道を、二人の小さい足は藁草履の音を立てながら、その崩場の一つを目指して歩いて行った。川幅いっぱいに散らばっている沢山の石を跳んだり、川瀬を渡ったり、土手を攀《よ》じたりして、村人さえめったに行かぬ奥山の崩場の白い粘土に二人の魂は吸い寄せられて行った。白い粘土を取ると、それをまるめて手拭の端に包み、こんどはそれをぶらぶらさせながら、二人の魂はさらに赤い粘土を持っている次の新しい目的地に吸い寄せられて行く。

粘土は、いつも渓流に沿った崩場の、その断層の広い斜面のどこか片隅の一ヵ処にひっそりと匿されてあった。多くは流れの水面とひたひたな位置を占めて、そこだけが小さい祠《ほこら》のように奥深く掘られてあった。子供たちの眼には、そこは何か神聖な場所のように見えた。指や爪の跡をつけて一握りか二握りの粘土を削り取ると、いつも神域を犯したものの怖れが、掌の冷たさと共に身内に伝って来た。手を水で濡らし、指跡で荒れた粘土の壁面を水平にならすと、子供たちはその場を一刻も早く逃れたい気持で立ち上がる。そして、目的を果たした満足感と故知らぬ冒瀆感の混じった不思議な気持で、決まって急に高く聞こえて来る川瀬の音の中を、いなごのような敏捷な動作で石を跳び越え跳び越えその場所から遠ざかって行く。

　そうした遠い記憶の中にある日が秋の日であったか冬の日であったか、いまの魁太には思い出せない。そればかりでなく、それが果して一日の出来事であったか、よく考えてみると、それも甚だ怪しい。それぞれの崩場に出掛けた日が、それぞれ別々の日の事であったかも知れない。しかし、いずれにせよ、魁太には湿った落葉の路を踏んで行くその時の冷たい踵の感触が、川瀬の音にまじってはっきりと思い出されて来たのであった。

　西尾玄一郎の調査が崩場に関係があるということを耳にした時、魁太は初めて玄一郎にある親しみを感じた。自分より背の低かった貧しげな青ぶくれの少年の六十年後の姿に、魁太はふと会ってみたい興味を感じた。実際は一度、三十歳ばかりの玄一郎に渓流へ降りて行く坂道の途中で会っているのであったが、その時の短い出会いは、いまの魁太の玄一郎に対する思い出の中では、そこだけが何か異質の夾雑物のような感じであった。魁太の心の中では玄一郎の思い出は、直接に遠い六十年前の幼時に繋がっているのであった。

「よし、逢って来てやるべ」

それこそ彼の口癖の言葉で言えば、一文にもならぬ芸もないことだったが、魁太はその日、敵意とも懐しさとも彼自身区別のつかぬ落ち着かぬ気持で、六時半に家を出て、七時の一番バスで村に着くという西尾玄一郎の顔を見に山道を下ったのであった。

魁太が新道から広い往還に出た時、丁度半町程先の停留所には玄一郎の一行の乗っているバスが到着したところらしく、いつになく村の者が三十人程バスを取り巻くようにして人垣を作っていた。停留所と小さい広場を隔てている向うの役場からも、数人の人たちがばらばらと駈けて来るのが、魁太の眼に映った。

魁太はそこに近付いて行くと、路傍で次々にバスを降りる人たちを見守っている村の人たちの群れに入った。バスから降り立った玄一郎の一行は十人程だった。村長と小学校の校長が、一行の中で主だった人物らしい三、四人の者に附き添って狭い待合室に入って行った。その中に玄一郎も混じっているらしかったが、魁太にはそれらの人の背後姿しか見えなかった。

一行のその他の連中は待合室の入口にかたまって立っていた。学生服を着た二人の青年の手によって、種々の形をした鞄が十数個バスから降ろされると、待合室の入口の凝固土《コンクリート》の上の一ヵ所に堆《うずたか》く積み上げられた。そしてそれらの荷物から一間程離れた所に、六十年配の女と二十ぐらいの立派な洋服の娘が立っていて、こんな時にはいつも出しゃばる山葵組合の沢井と郵便局長の村山が、何かしきりにお愛想を言いながら二人の女性の相手をしていた。

魁太はバスから降りる玄一郎に、やあ、お前さんが玄一郎さんかい、どうもお互いに年を取ったなあと、そんな調子で話しかけて、村の連中に少しかちんとしたところを見せてやるつもりだったが、ひと足違いで玄一郎はバスから降り立っていたし、それになんとなくその場の混雑した雰囲気に押されて、人垣から脱け出して一行の居る待合室の方へ出張って行けなかった。

「一番先に待合室に入ったのが玄一郎かな」

魁太は誰にともなくちょっと周囲を見廻して声をかけた。玄一郎と呼び棄てにしたのでそこに居た大工の留が驚いて振り向いたが、魁太だと知ると、

「そうらしいの」

と言った。

「あの女子らは誰じゃい？」

「奥さんとお嬢さんじゃあねえかな、玄一郎さんのよ」

と、今度は役場の小使の内儀《かみ》さんが言った。魁太もそうではないかと思っていたが、玄一郎が妻子を同伴して来るということは彼の予期していない事であった。そして全く予期しなかったこの二人の女性がそこにいることが、妙に余計者にでも割り込まれた感じで、玄一郎に近付いて行こうとする魁太には邪魔に感じられた。

魁太は暫《しばら》くそこに立ったまま、待合室の方を窺っていたが、

「どれ挨拶なとしてくべ」

と言って、自分でも意識できる不遜な顔つきで、幾分肩を張り気味にして、空のままでそこに停まっているバスをぐるりと一廻りして、待合室の入口のところまで行った。その時、去年村に来た駐在所の巡査が、魁太を見ると、丁度いい所に来たといった風に、

「おい、父っさん、お嬢さんの鞄をお取りしてくれ、そこの下の方になっているそうだ」

そう言って、荷物の積み重ねられている方を顎でしゃくると、自分は忙しそうに事務所の中へ入って行ってしまった。

魁太は、もともとこの駐在が赴任した時から虫が好かなかった。相手が酒飲みならさし

ずめ一升下げて行ってくだを巻くところだが、全然この若い巡査は酒を飲まなかった。魁太は道で遇った時、わざと相手にも判る仕種でつんと思いきって横を向くのが、せめてものこの新顔に対する腹いせであった。

「どれか、おらあ、知らねえ」

魁太は少なからず自尊心を傷つけられて言ったが、肝心の相手の駐在の姿はもうそこにはなかった。

「おじさん、これよ、すみません」

と、はっとするような美しい声といっしょに、娘の顔がその方に上げた魁太の顔とぶつかった。いやにぱちりとした、仕掛けでもありそうな綺麗な眼をしている。彼女は鞄の山の下の方に顔を少し覗かせている小さい、なるほど女持ちらしい赤いスーツケースを魁太に指し示すと、次の瞬間はもうそれはそれで済んだというように向うを向いて、一行の中の一人の青年と屈託なく話し出した。

魁太は仕方ないので一つ一つ荷物の山を崩して、その傍に別の山を作り、言い付かった鞄を取り出すと、その娘の方に持って行って、これかねと言いながら差し出した。

「あら、すみません」

娘は機械的に言ってそれを受け取ると、その場にしゃがんで膝の上でそれを開くと、ハ

ンケチを一枚取り出し、それから直ぐぱちんと音をさせて鞄を閉めた。そして、つと立ち上がると、

「すみません」

そう言って鞄を再び魁太に渡した。渡したと言うより、気付いた時魁太はその鞄を持たされていたのであった。すみません、すみませんと言いくさるが、無礼な娘だなと魁太は思った。が、その割に、この娘の態度に腹が立って来ないのが、魁太自身不思議だった。

魁太はその鞄をいま自分が積み上げた荷物の山の上に置くと、初めてそこで待合室の内部へと視線を投げた。内部は暗かった。明るい外光に慣れた魁太の眼には、そこには何か雑然と何人かの人間がいるだけで、誰が誰か全然区別が出来なかった。

が、暫くそうしているうちに、やがて魁太の眼に、奥の取付けのベンチの一隅に、少し股を開き加減にして腰を降ろしている一人の痩せた老人の姿が見えて来た。上品な白髪の老人だった。その老人は、彼の前に立って身を屈めるようにしてしきりに何かを話している村長と校長の方に無表情で頷きながら、その視線は二人の体と体の間からこちらに注がれていた。

魁太はその場に突っ立ったまま最初玄一郎の視線が自分に注がれているのだと思った。そう思うのが無理ではない程、その視線はじろじろと魁太の顔から胸部へ、胸部から足許

へ、そして又上に上がって魁太の上半身へと、短い時間の間隔で移動した。そして二度目に玄一郎の眼が魁太の眼とぶつかった時、魁太は思わず待合室の内部へと二、三歩踏み込んだ。その老人の視線は、魁太にとって、確かにこの世で最初のものではなかった。いつか何処かで、魁太が自分の額の上に感じたことがあるそれと同じ親しい感じのものであった。

玄さん――そう呼びかけたい衝動を感じながら二、三歩その方に近付いた魁太は、しかし、すぐ立ち止まった。老人の眼が魁太の顔からいやに素気なく離れると、すうっと上に上がって、待合室の壁面の上の方に掛けてある旅館のポスターの一枚に注がれたからである。

しかし、その時まだ魁太は、一瞬間前その老人の視線によって、突然自分の体内に呼び起された電流のような生暖かい甘美な感情に押し包まれていた。従って彼の表情は、眼許と口辺において筋肉が少しだらしなくゆるんでいた。

魁太は思い切って更に二、三歩老人の方に近寄って行った。が、玄一郎の視線は依然として魁太から外れたままで空間の一点に固定していた。そして、それが急に動いたかと思うと、彼はゆっくりと立ち上がって、誰にともなく、

「まだかな」

と、静かな声で言って、散歩でもするように、そこらを歩き出した。そして突っ立っている魁太の横を擦り抜け、五、六歩行くと廻れ右して、又魁太の横を通って、向うへ歩いて行った。魁太は、口を少し開け、その老人の動く方へ視線を廻していた。

待合室の隣の事務所から隣村の停留所へ自動車の交渉をしている係員の声が、珍しくかん高く聞こえていた。今朝こちらに廻る筈の二台の自動車《ハイヤー》が、何かの手違いで昨夜四里程先の温泉場へ行ったまま向うの車庫へ入ってしまったらしく、そのために係員はひどく周《あ》章《わ》てている風であった。

三人の停留所の女の従業員が、盆の上に番茶を注いだ茶碗を載せて入って来て、それをその場に立ったり腰かけたりしている人々に手渡して歩いた。玄一郎はいかにも温和な老学者らしく柔和な表情で、自分の前に来た女の従業員の方に軽く手を振って要らないと答えていた。その時ちらっと老人の頬をかすめて走った表情が、やはり魁太には見覚えのあるものだった。

「さあ、用のない人はみんな出て下さい」

待合室の中に幾人かの村人が紛れ込んでいるのを見ると、校長は両手を拡げて、それらの人を押し出すようにした。四、五人の人間がぞろぞろと待合室から出て行った。

「さあ、あんたも出てくんな。先生がお疲れになる！」

魁太がふと気が付くと、その声ははっきりと魁太自身に向けられているのであった。

「わしは玄一郎さんの迎えに来たんじゃ、同級生だでな」

魁太は、思わずむっとして言った。そして、校長の顔がちょっと魁太の処置に思い惑っている風なのを見てとると、

「玄さんとは幼馴染じゃ、先さまもよう覚えとろうに！」

と言った。その魁太の持前の棘のある言葉は明らかに校長を刺戟したようであった。

「先生は、いま着かれたばかりだ。みんな、私用は遠慮して貰っている。文部省の方も居られるしな」

それから半ば体で押し出すようにして、校長は魁太を待合室の外部まで後退りさせた。待合室の外に出されると、魁太はもう一度待合室の中へ入って行こうとしたが、途中であきらめて、入口のところに五、六人固まっている村人のところへ寄って行って、

「へん、豪くなったもんじゃ、玄一郎も」

と、不貞腐った態度で聞こえよがしに言った。玄一郎への直接な憎しみではなかったが、校長や待合室の内部にいる村の連中への腹いせであった。校長でなくて、他の人間だったら、村長であろうと誰であろうと、絶対に敗けて引き退がる魁太ではなかったが、この他国もんの校長が、魁太はなぜか村で一番の苦手であった。

「俺と玄とがどんな関係か知りもせんといて、どくされめが！」

そんなことを呟きながら、魁太は洋服を着て来たことがいまいましく思われた。悪態をつく度に、それが洋服のお蔭で妙に板につかない恰好で、自分の哀れさだけが浮き上がって感じられた。

「大体、今日あたり他国もんの出る幕じゃないと。鼻垂れ小僧どもの守りしとらんかいの」

誰も今日は全然魁太には触らなかった。いつもなら一人や二人は、笑うか相槌を打つか、でなかったら宥《なだ》め役に廻るのだが、今日は魁太のそうした悪態を誰も聞いていて聞かない振りをしていた。それが又魁太にはひどく不甲斐なく感じられた。

「ばかたれめが」

最後に魁太は、誰も彼もひっくるめた自分の周囲にぶつける気持で、そんなことを言い、後はむっつりと口を噤《つぐ》んでしまった。しかし、口を噤んでも、一度昂ぶった魁太の感情はしずまらなかった。黙って立っていることが、刻一刻、自分の惨めさを増すように感じられて来ると、よし、もう一度行ったれという気持で、上着を脱いでそれを右手に抱えて、待合室の入口まで行き、今度は明らかに憎悪のこもった眼で待合室の内部を覗き込もうとした。

丁度その時待合室の内部からは一行がぞろぞろと往来へ流れ出て来た。自動車が来るのが少し遅れるので、玄一郎を除いた他の人たちは約一里程隔たっている滝の上の崩場まで徒歩で行くことに話が決まったらしかった。そして玄一郎は妻と娘と一緒に一先ず渓谷のホテルに行き、自分だけが後から来る自動車に乗って崩場に出向くことになったというのである。

玄一郎、夫人、令嬢、それに村長と役場の吏員二名が一団となって先頭に立ち、その後に一行と、今日の案内役の村の青年団の連中、村の主だった者など十名程、そして一番最後に、役場の小使が一行の荷物をリヤカーに積んで随った。

魁太は村の人たちの中に何となく紛れ込んで、一行について歩き出した。魁太は一行といっしょに何処までも歩いて行く気持はなかった。いまのうちに玄一郎に話しかけないと話しかける機会を失してしまうと考えた。で、半町程行ってから、魁太は少し列を離れると小走りに歩きながら、

「玄さんや、玄一郎さんや」

と先頭の方へ向かって声を掛けた。と、何人かの顔がいっせいに魁太の方を振り返った。いきなり山葵の沢井と局長の村山のきびしい棘を含んだ眼が魁太に突き刺さって来た。ばかな、わしは先生などと呼ばんぞ、わしはなにしろ玄一郎と二人きりで崩場まで粘土を採

りに行った仲だからな。お前たちとは違うわい。咄嗟《とっさ》に魁太は反抗的になりながら、再び、前よりもっと大きい声で、

「玄さん、玄一郎さんや」

と叫んだ。

　再び振り返った多勢の顔の中で、玄一郎を真中に挟んで労るようにして歩いていた夫人と娘の二つの顔だけを、はっきりと魁太の視線は捉えた。玄一郎は、聞こえたのか聞こえないのか、幾分覚つかないようなゆっくりした足取りで振り返らないで歩いていた。と、娘だけが列を離れて、立ち止まって、魁太の近付くのを待っていた。そして、

「お父さんをお呼びになったの」

と娘は言った。ちょっと覗き込むようなしなを作って、彼女は魁太の眼を見入った。

「玄さんと言うのは、ほかに居るまいがのう」

と、魁太は美しい娘に押されまいとして、そんな風に言った。

「わしはな、玄一郎さんと小学校の時同級でな」

「まあ」

と娘はとたんに顔を綻ばすと、魁太の顔をしげしげと見詰めていたが、

「お父さんと同級ですのね、おじさま」

それから、くるりと瞳を廻すと、まってらしてと言って、先頭の方へ駈けて行った。最後にちらっと魁太を見詰めた彼女の眼が、魁太にはついぞ生まれて今までに会ったことのない優しいものに感じられた。こまっしゃくれた娘だが、心がけはよさそうじゃと、魁太は思った。

　魁太は列から外れたままで一行におくれない歩調で歩きながら、父親の横に立って、腕を玄一郎と組むようにしながら何か話している娘の背後姿から眼を離さなかった。白いワンピースを二つに割っている赤いバンドが田舎の娘たちの体には想像もつかないくらい胴廻りをちぎれそうに細く緊めている。娘は父親と話しながら一度振り返って魁太の方を見て、それから又、父親と話を続けていた。

と、そのうちに、玄一郎はちょっと立ち止まったかと思うと、冠っていたパナマ帽を軽くつまんで、こちらを振り向いた。そして彼はちょっと柔和な表情を作ると、二、三回、黙って頭を下げた。それは魁太のいる方を特に指したものではなく、自分の背後の一団の中に自分の挨拶する相手がいるという漠然たる表情でもあり、漠然たる動作でもあった。

　それでも娘が傍から何か言ったらしく、玄一郎は最後に頭を下げた時だけ、その顔は魁太のいる列外の方へ向いていた。しかし、その視線は魁太の方には投げられていず、眩しいせいもあったろうか、眼は軽く閉じられたままで、感動というものの少しも現わされていない、静かとも柔和とも、又ひどく冷たいとも言える能面のようなものであった。

それはほんの三十秒ばかりの間のことであった。彼の背後に随っていた一行が足を停める暇もないくらい短い時間の出来事であった。そして玄一郎は直ぐ背を見せると、何事もなかったように又静かに歩き出した。

魁太は、毒気を抜かれたようにそこに立っていた。彼に最初淋しさが、そしてすぐそれに続いて怒りがこみ上げて来るのには、僅かばかりだが時間がかかった。一行と魁太との距離が二、三町離れてから、魁太は、相手に聞こえない腹立たしさを感じながら、

「くたばりぞこないめが！　なんじゃい！」

と憎々しげに、吼えるように言った。

魁太はそのまま家へ戻ったが、山葵沢へ出掛けて行く気にはなれなかった。一ヵ月程前の暴風雨で崩れた山葵沢の石垣を積み直す仕事も一日を争う状態にあったが、どうにも今日はまともに働く気持にはなれなかった。

魁太は九時のバスで隣村まで行き、去年椎茸山を売りつけた清平の家へ行き、丁度山仕事に出掛けようとしている清平を摑まえて、図々しく家へ上がり込んだ。一ヵ月遅く売れば二倍近くの高値で売れたものを、お前にせっつかれたばかりに大損をした。勿論これは

俺が悪い籤《くじ》を引いて、お前がいい籤を引いたのだから、どうこうしろと言うのではないが、いっぱい振舞っても罰は当たるまいと、いやみをさんざん並べ立てて、到頭酒を出させた。そして一升を平らげて昼食の御馳走になり、いい気持になって薄暗い清平の家の上がり口の部屋で寝込んでしまった。

眼を覚ました時は四時を過ぎていた。「おいぼれめ」と、眼を覚ますとすぐ魁太は言った。玄一郎を出迎えた今朝のことが、ひどく遠いことのように感じられたが、妙にやり切れない淋しさがすぐ胸の全面にふき出して来た。清平も内儀さんも、魁太の眠っている間に仕事に出てしまったらしく、囲炉裏《いろり》端には九十近い婆さんだけが業《ごう》の塊のような顔をして坐っていた。

魁太は婆さんには挨拶もしないで清平の家を出ると、五時のバスに乗って、今朝玄一郎を出迎えたバスの発着所で降りた。もう少し飲みたかった。それで、村に一軒だけある居酒屋へ行って、この方は金がかかるので、ちびちびと長い時間をかけて、銚子を五本平らげ、そこを出たのが七時頃だった。居酒屋を外に一歩出た途端、魁太はこのまま家へ帰っては間尺に合わない気持がした。山葵の仕事を休んだ日当だけはどうしても取り返さずばなるまいと思った。魁太は玄一郎の宿を訪ねて酒を出させ、少し言いたいことを言わして貰うべと思った。そうしないと腹の虫が収まらなかった。

魁太は部落の中程にある食料品店で焼酎を一升借りると、それを下げて渓谷のホテルへの坂道を少し危ない足取りで降りて行った。

ホテルの玄関へ行っても、女中たちが取り次いでくれそうもない気がしたので、魁太はホテルの庭の木戸を開けて、屋内の電燈の光が広く流れている中庭へ入り込み、そこの飛石を踏んで行った。一つ一つの飛石を取り巻いている苔がひどく鮮かな碧《みどり》に見え、鉱泉の硫黄臭い臭が夜気の中を一面に流れていた。三十幾つもあるというホテルの部屋のどこに玄一郎たちが居るか見当はつかなかったが、魁太は別段たいした成算もなしにそこを歩いて行った。開け放した部屋の前を三つ程通り抜け、鉤《かぎ》の手に曲がった廊下に沿って右手に折れた時、魁太はふと立ち止まった。魁太のところからものの三間と離れていない山茶花の植込みの向うに、浴衣を着て廊下の籐椅子の上に寝そべっている女の姿が見えたが、それが昼間見た玄一郎の娘ではないかと思ったからである。寝椅子の上に体を横たえ顔をすっかり仰向けてしまって、いかにも夜空でも仰いでいるようなその寝姿が、ひどく幼くて、人形のような感じだった。

魁太は一升罎を下げて、そこへ近寄って行った。そして廊下から一間程のところまで魁太は行ったが、娘はまだ身動きしなかった。魁太はその方へ声をかけた。

「玄さんの部屋かな、ここは」

その声で、娘は驚いたように籐椅子から身を起した。やはり玄一郎の娘だった。

「嬢さんや、玄さんは居るかな」

と魁太は言った。植込みの木の蔭で直ぐには魁太とは判らなかったらしく、娘は黙ったまま魁太の方に視線を向けていたが、

「あら、おじさん！」

と言った。

「玄さんととっくり飲むべと思ってな」

と魁太はじろじろと部屋の中を見廻した。

「お父さんは別館で宴会ですわ」

「宴会⁉」

魁太は急に張りつめていた気持が抜けて行くのを感じた。なるほど、今まで気付かないのが不覚ぐらいなもので、今夜は宴会のなかろう筈がなかったと思った。村長や校長や駐在や、それから局長、山葵の沢井などの赤い顔が、魁太の瞼《まぶた》に浮かび上がった。どくされめ共が、玄一郎にちやほやして、官費の酒を浴びてけつかる！理由のはっきり判らぬ新しい怒りが彼を押し包んだ。

「どれ、じゃあ、わしも招ばれてくべ」

そう言いながら、妙に体の中心を失ってふらふらした。

「お待ちになったら——、もう酔ってらっしゃるわ、だめよ、おじさん」

娘は言って、下駄をつっかけて庭へ降りて来た。庭へ降りてから、部屋の方へ向かって、

「母さん！　母さん」

と二声ほど呼んだ。

夫人が浴衣を着て、今まで次の部屋にでも居たのか廊下伝いに姿を現わした。お父さんに御用の方なんですかと、声は優しかったが、その顔にははっきりと魁太にもそれと見てとれる程、嫌悪の情が現われていた。その夫人の眉をひそめた顔を眼にした時、魁太は急に気が変わって、ここに居坐ってやるべという気になった。

「玄一郎が来るまで、ここで飲まして貰うべ。俺が俺の酒を飲むのに、玄一郎も文句は言わんべ」

そんなことを言いながら、魁太は急に酔いの出た危なっかしい足取りで、飛石を二つ三つ踏んで、廊下に上がり、畳の上に転ぶような恰好で坐ると、大胡座《おおあぐら》をかいた。

「茶碗を一つ貸してけえ」

魁太が言うと、

「もう上がれんでしょう」

と、明らかに困惑の表情で夫人が言った。が、魁太の顔付が険しいのを見ると、夫人は立ち上がって行って、茶呑茶碗を一つ持って来た。

「酌をしてくれ。玄の昔馴染が来たのに、一度ぐらい酌をしても罰は当たるめえ」

夫人が後退さりすると、娘がいやに素直な感じで魁太の傍にやって来て坐った。

「何をおっしゃっているか判らないわ、おじさんの言うこと」

それから、ママ大丈夫かしらと言いながら、一升罎を取って茶碗に焼酎を注いだ。そして、暫くすると、やっぱりお山は涼しいわと、そんなことを言いながらそれとなく座を立って廊下へ出て行った。

魁太はちびりちびりと焼酎を嘗め始めた。

「玄一郎はでけん餓鬼じゃった。いまいくら豪ぶっても、俺の前には頭が上がらんでのう」

そんなことを、魁太は幾度も幾度も、呂律《ろれつ》の廻らなくなった舌で繰り返した。畳の上に坐ってから急激に酔いが頭に廻って来て、魁太は自分でも、喋っていることが少し辻褄が合わないことに気付いては、言い直そうとしているうちにすぐそれを忘れた。玄一郎とは、自分は、お前たちの知らないうちから親しかったのだということを強調するつもりだったが、途中から何時も焦点が呆やけて行った。

娘の短い明るい笑い声だけが、時々、魁太の耳に聞こえた。それはいつも瞬間的に魁太の耳に飛び込んで来たが、その度に花火でも開くような、ひどく色彩的な美しさが魁太の心に拡がった。そしてその娘の笑いが消えると、魁太は妙にはかない気持に落ち込んで、何かやたらに悪態をつきながら急いで焼酎を嘗めた。娘は魁太の前には居なかった。魁太が最初見掛けた時のように、魁太の背後の廊下にある籐椅子の上に仰向けに寝転んでいて、魁太がくだをまいているのに聞き惚れてでもいるように、そんな風に魁太には思われた。

どれだけ時間が経ったか、魁太にはてんで見当がつかなかった。ただ、ふと、いま別館で宴会が行なわれていることを思い出すと、魁太はふらふらと立ち上がった。振舞酒にありついて玄一郎にくだをまいてやらなければと思った。そしてその思いに駆り立てられるように、別館までなんとかして歩いて行かねばなるまいと思った。魁太はなんとなく娘が自分をそこまで連れて行ってくれそうな気がした。あの娘なら、親切に俺を別館まで送り届けてくれるだろう。そんなことを、それが決まり切った事実であるかのように思っていた。

魁太は立ち上がって廊下の籐椅子の方へ行ったまでは覚えていたが、彼は何事が起ったか全く知らなかった。何かひどい音がしたように思ったが、自分も転げているので、自分の転げた音かと思った。実際に、彼は庭先の石の上に横たわっていた。

と、やにわに胸倉を取られて、いきなり引きずり上げられたと思うと、何者かにひどくこづかれて、突き飛ばされた。そして、何か塀のような所に倚って体の中心を取っていたが、気が付くと自分の顔のすぐ傍に、誰かの顔があった。よく見ると、ホテルの番頭の顔に違いなかった。それと同時に、その時初めて、はっきりと、番頭の声が彼の耳に入って来た。

「酔っぱらってなんてことをしやあがる。お嬢さんは心臓が悪くて、安静にしているんじゃないか」

俺は何をした覚えもないと魁太は思った。しかし、もしかしたら、籐椅子に近付こうとして、蹣跚《よろめ》いたはずみに籐椅子をひっくり返し、自分も庭へ転がり落ちたのかも知れないという考えが浮かんで来た。或いは、娘をも籐椅子ごと庭へ突き落したかも知れないと思った。

「心臓が悪い！　そいつぁ、不可ねえ、心臓は命取りじゃでな」

魁太はふらふらと歩き出した。

「心臓は命取りじゃでな」

二度目にそう言った時、もうそこには番頭は居ず、魁太は一人だった。魁太は、長い時間かかって中庭の木戸口から出ると、吊り橋を一つ渡り、十段程の石段を登って、別館の玄関へ辿り着いた。そして、何と言ったか自分でも判らなかったが、女中に案内されて、ひどく長い廊下を通って、宴会場へ連れて行かれた。

大きい広間にコの字型に大勢の人間が並び、床の間を背にした正面に玄一郎が坐っていた。そして座は幾分乱れかけているらしく、何人かの人間があちこちに散らばっていた。魁太の眼には、その場の情景が、陽炎《かげろう》の向うの風景の如くゆらゆら揺れ動いて見えた。

魁太は蹣跚きながら、何人かの人にぶつかり、席の一人一人の顔を覗き込むようにして玄一郎の席に近付いて行くと、その前に胡座をかいて坐った。そして、いきなり玄一郎に盃をさし、

「玄、粘土のことを忘れるなよ。な、少しばかり豪くなったと思って何でえ」

そう言っただけで、いきなり四、五人の男に半ば担ぐようにしてその部屋から連れ出され、そして何か喚き立てている間に、廊下を通り、廊下を曲がり、表玄関から出て、あっという間に吊り橋の上に一人にされた。村の青年たちだったが、誰と誰か、全く見分けがつかなかった。最後に魁太の傍に靴を投げ棄てて行ったのが、どうやら駐在のように魁太には思われた。

一切が終わったという気持が、その瞬間だけ、彼を酔いから連れ戻して素直にした。橋桁の上に坐り込まされたままの姿勢で靴を履いている時、大粒の雨が落ちているのを魁太

は知った。それは今落ち始めたばかりらしく、彼が靴を履いている間にも、刻一刻雨脚は繁くなり、それらの雨滴の一滴一滴が、魁太の体を敲《たた》くように落ちた。

　橋を渡り、上の街道へ出る坂道の上がり口まで行くと、それまで滝のような川瀬の音に遮られて聞こえなかった雷鳴が聞こえた。そして雨は更に烈しくなって行った。

　魁太は、かなり急な勾配の道を二、三間登って行っては、息が切れると、又一間ほどふらふらと後戻りし、それから又思い直しては登って行った。雨に敲かれながらのそんな動作の繰返しが、魁太には妙に快適であった。上ったり下りたりして、魁太の坂道を登って行く速度は遅々としたものであったが、それでも何刻かの後には、魁太はそこだけ家並の続いている寝静まった部落の大通りを千鳥足で歩いて行った。

　稲妻の光で郵便局の屋根瓦が青く光り、隣の雑貨屋の軒先から雨が滝のように落ちていた。びしゃびしゃと飛沫を上げながら、魁太は半ば川と化した街道を歩いて行った。

　部落を外れると、魁太の住んでいる部落まで、人家の途絶えた道が二十町続いていた。上りの山道だった。そこに差しかかる頃から、魁太は自分がいま烈しく雨に打たれながらわが家に向けて歩いていることを意識した。魁太は一度道の真中に立ち止まった。一旦立ち止まると何故か一歩も歩けない気持だった。「ばかたれめ」と彼は口に出して言った。無性に玄一郎が憎かった。「ばかたれめが、ばかたれめが」と、幾度も烈しい憎悪をこめて言ったが、言う度に何か暗い渦のようなものが、胸の中に立ちこめた。それが、他の何ものでもない、魁太が今までに味わったことのないような、途方もない淋しさであることに気付くと、魁太はそれをどう処置していいか判らず、ただ孫を叱る時のような恐ろしい顔をして、もうこうなればどいつもこいつも憎んでやろうといった思いで、顔を雨に打たせた。

雨勢は少しの衰えも見せず烈しく降り続けていた。玄一郎、村長、校長、駐在、局長、沢井、そうした顔が、歩いて行く魁太の頭に次々に浮かんで来た。浮かんで来る度に、その一つ一つに、魁太は出刃庖丁ででも突き刺してやりたい憎悪を感じて立ち止まった。立ち止まると、決まって淋しさの渦が彼の身内から吹き溢れて来た。彼は又歩き出した。

息子の啓介の洋服と靴を台無しにしてしまったことに気付くと、魁太は啓介の怒号が突然彼に押しかぶさって来るのを感じた。と、その瞬間稲妻の青い閃きが闇を裂いた。彼はその場に立ち竦んで耳を両手で押さえた。

「落ちくさったな」

彼は暫くして地面から身を起した。身を起した瞬間、どういうものか、魁太は、玄一郎の娘のぱちっと澄んだ黒い瞳を思い出していた。それは魁太には、一瞬気が遠くなるような優しいものに思えた。娘が心臓を病んでいるという番頭の言葉が、この時ふいに魁太の

頭を掠めた。夢だったかなと魁太は思った。しかし、それがどこか現実の世界の片隅で自分に囁かれた言葉に間違いないと思うと、

「おおばこの葉を採ってやるべ」

と彼は思った。心臓病をおおばこの葉で癒した村の三人の人間を彼は知っていた。そして、いま、おおばこを採ってやらなければ、永久に採る機会を失うような気持で、彼は何も見えない四辺を見廻した。

魁太はその時、部落と部落との間の、土橋を渡り切ったところに立っていた。そして魁太がいま立っている所から一間程離れた崖縁に、いつも大きなおおばこが、石の表面に生えかぶさっていることを思い出した。

「心臓は命取りだでな」

魁太は崖縁に近付くと、それでもそこから転落しないように、用心してしゃがんで石垣で固めてある断崖の縁に右手を当てた。そして石と石との間から生えている手に触れた草を握った。

「心臓は命取りだでな」

玄一郎の娘が実際そこに居て、その娘に話しかけているように、彼は口に出して言った。

その時、何かひどく不安定な感覚が、彼の下半身を占領した。と次の瞬間、彼は足許の

地面がゆっくりとしかし着実に不気味に移動して行くのをはっきりと感じた。そして魁太は恐怖に怯えた眼で漆黒の闇を見詰めたまま、手の中にある雑草を満身の力をこめて握りしめた。

魁太の死体が、前夜の豪雨による崖崩れの場所から、小学校の生徒によって発見されたのは、翌日玄一郎の一行が出発してから一時間程してからであった。街路から三メートルの下にある小さい谷川の浅い河底の、石と石との間に、一摑みの雑草を右手に握りしめたまま、魁太は頭蓋骨を割って横たわっていた。

二つの秘密

昭和二年の五月のことである。この年の冬はひどく寒く、全国各地に何十年ぶりとか言われる降雪があり、春になってもなお寒気があとを引いたが、さすがに五月の声を聞くと同時に陽気は革《あらた》まった。

五月六日に、歌山喜平と上大路あづさの結婚式は、その頃人眼を驚かす豪華な洋風建築と大宴会場をもって売出していた東京市の西郊のK園で挙げられた。

この日K園では七組の結婚式の披露宴が開かれたが、その中でも歌山喜平と上大路あづさのそれは目立って豪勢なものであった。定刻の五時近くなると、自動車《くるま》はひっきりなしに、K園の大門柱の間をくぐり、ゆるやかに大きく曲っているだらだら坂を下り、十人程の金釦《ボタン》のついた白服の案内人が立っている車寄せに滑り込んでは、モーニング姿の紳士や盛装の女客を次から次へ降ろして行った。

朝から吹いていた風は夕刻から強くなっていた。生暖い晩春独特の腥《なまぐさ》い風が、自動車から降り立つ女客のきらびやかな和服の裾をばたばたと煽《あお》り、「歌山、上大路両家結婚披露宴会場」と認《したた》められた入口の大きい貼紙を何回もめくり上げていた。

客たちはいずれも玄関正面の第一エレベーターに吸い込まれ、そのまま四階の大宴会場の赤い絨毯《じゅうたん》の上へと運ばれた。四階では、廊下にも控室にも、人々は満ち溢れていた。

新郎歌山喜平はモーニングの胸に一人だけ赤い造花の薔薇《ばら》の花を付けているのですぐ判った。年齢は四十一歳である。中肉中背のがっちりした体格の紳士で、顔は浅黒く、眼には意志的な強い光があった。彼は新興会社として極く最近名前を出し始めた歌山土建の社長である。しかし、それより金貸しの歌山喜平と言った方が世間にはよく通るだろう。一部では歌山喜平という名前は、辣腕《らつわん》と冷酷の代名詞のように使われている。しかし、また他の一部では、一介の金貸しから土建会社の社長へと社会的にのし上がって来た彼の才能と手腕が相当高く評価されているようであった。

歌山喜平は自分のために参集した夥《おびただ》しい数の人々の間を、両手をズボンの間に突込んでゆっくりと歩いていた。その落着きは、新郎というものの持つべき初々《ういうい》しさとは似つかぬもので、妙に傲慢《ごうまん》不遜に人々の眼には映っていた。

花嫁上大路あづさは西北隅の窓際に、祝辞を述べに来る人々に絶えず取り巻かれて、この方は長身の体をまっ直ぐにして、顔だけを少し俯向《うつむ》けて立っていた。花嫁にしては薄い化粧で、二十歳の若さと、天来の美貌とが輝くばかりである。

上大路と言えば家産こそ傾いてはいるが、京都の公卿の出として歴とした家柄である。血筋は争われないもので、若さと美貌とは別の一種の気品が、あづさの姿態には窺《うかが》われた。

歌山喜平が、何時間か前に式典を挙げたばかりの己が新妻のところへつかつかと歩み寄り、人々を押し分けるようにして顔を近付け、何か短い言葉を囁《ささや》いた時、それを眺めていた人々は一様にある嫉《ねた》みを感じた。花嫁が痛々しくも思われたし、花聟《むこ》が小面憎くも思われた。金の力で、上大路家の若い令嬢を自分のものにしようとしている！　口にこそ出さなかったが、人々は一様に同じ思いであった。

やがてウェディング・マーチの楽の音と共に、人々の群れは、宴席へと流れ出した。人々がそれぞれの名前の書かれてある卓に就くと、白服のボーイは急に息づいたように四方に散った。

暫《しばら》くホークとナイフの音が大広間を埋め、シャンパンを抜く音が各処から起った。

頃合を見計って司会者のA生命の社長が立って喋った。それに続いて、次々に指名されて、何人かの紳士が祝辞を述べた。歌山喜平の事業家としての才能を褒める者もあれば、新婦の美しさや家柄を称える者もあった。しかし、誰が何を喋っても、それはその場の客たちには嫉ましさを感じさせる作用しかしなかった。

歌山喜平は自分の左側の席で、虔《つつま》しくホークとナイフを動かしているあづさの華奢《きやしや》な白い手にそれとなく視線を投げていた。花嫁にしては人に臆さない態度で、食物を口に運んでいるところも、上大路の家柄から来る落着きのように思われたし、少し伏眼になって、満場の視線を、聡明さ以外の何ものも現わしていない広い額に受けとめているところも至極満足だった。

歌山喜平は誰が何を喋っているか殆ど聞いていなかった。拍手が起った時だけ、彼は機械的に軽く頭を下げたが、それ以外の時は、自分一人の思いの中に深くはいり込んでいた。俺は到頭ここまで来た！　上大路の娘を妻にするところまで漕ぎつけた！　と。

彼はいま考えなければならぬことにいっぱい取り巻かれていた。他人の祝辞に耳を傾けている暇などはなかった。金、金、金で押し通して来た自分の生活態度を、この美しい花嫁のために、今日限り改めなければならなかった。金貸しという余り人聞きのよくない名前も、今日から拭い去らねばならなかった。傲慢も、不遜も、冷酷も、自分から取り去らねばならなかった。要するに、歌山喜平は今日から一人の実業家として、良識ある紳士として新しく出発しようと考えていたのである。

彼は女というものを知らなかった。四十一歳まで童貞で押し通したということは、それを言い張っても、誰にも信用されぬことかも知れない。しかし、歌山喜平は真実今日まで一人の女の肌も知らなかったのである。それは女を知ることが経済的にも精神的にも出費以外の何物でもないと思われていたからである。本当に結婚して損のないような相手を見付けるまで、出費と冒険を伴う女出入りを、彼は固く自分に禁じ、それを励行して来たのである。

　上大路あづさは理想的な相手であった。家柄と言い、美貌と言い、何一つ申し分なかった。欠点と言えば上大路家が倒産に瀕《ひん》していることだったが、金のことは問題ではなかった。それは自分の方があり余るほど持っていた。

　結婚の話が持ち上がったのは一年程前であった。幾多の支障があったが、それを一つ一つ乗り越えて来た。先ず上大路家一族が反対した。歌山喜平はその反対を粉砕した。当の相手のあづさが最後まで心を動かさなかった。それを彼は気長に、執拗な戦法で承諾させた。みんな金の力であった。金に物を言わせたのである。謂《い》ってみれば上大路家の倒産を救い、それの代償として、あづさの結婚の承諾を得たようなものであった。

　しかし、そんな、ここまで事を運んで来た経緯などどうあろうといい！　今や動かすべからざる現実の事実として、上大路あづさは結婚の披露宴の、メイン・テエブルの自分の横に坐っているではないか！

仲人のB銀行の頭取の挨拶が始まった時、歌山喜平は椅子を背後に引いて立ち上がった。あづさもすぐ彼に倣《なら》った。二人が並んで立った時、彼はあづさが自分と殆ど同じ身の高さであることに気付いた。歌山喜平は自分が充分背が高くないことには聊《いささ》かも引け目を感じなかった。寧《むし》ろあづさが自分とは不似合なほど長身であることに満足であった。

仲人の挨拶が終り、二人が再び腰を降ろした時、歌山喜平はそっと自分の妻に囁いた。

「もうすぐこのくだらないことは終る。疲れたでしょう」

「いいえ」

あづさは顔を少し彼の方へ向けて、無表情で、しかし、素直に小声で答えた。あづさの顔は少しも上気していず、静かであった。

二人は熱海の山手のホテルで五日間を送った。歌山喜平が仕事のことを考えず日を送ったのは、中学校を卒業して以来初めてのことである。しかも五日間もの長い間、なんの退屈をも感じないで過したのである。

六日目に二人は京都に旅立った。普通列車で沼津まで行き、沼津から急行に乗った。一等車の乗客になったのは歌山喜平にとってはこの時が初めてであった。彼は結婚するまで、よほどの場合でない限り二等車にも乗らなかった。体を同じ場所へ運んで行くのに、徒《いたず》らに二倍、三倍の料金を払う気持にはならなかったのである。

それがあづさと一緒に旅をするとなると、たとえ料金は何倍であろうと、少しも惜しいとは思われなかった。

「君は、愛情ということについて、考えたことがあるかね」

歌山喜平は、蜜月旅行の疲れの目立っている妻に話しかけた。愛情の問題について、自分が結婚するまで一度も考えなかったことが、頗《すこぶ》る奇妙なことに思えたからである。現在は彼は自分とは二十一歳違いの若い妻をこの世の何ものより愛していた。

「そんなこと！」

あづさは窓外の景色に視線を投げたままで言った。

「一度も考えたことありませんわ」

熱意のない冷たい言い方であった。

「愛情ってものはいいものだと思うね」

重ねて歌山は言った。すると、あづさは、つと彼の方へ顔を向け、じっと見詰めるような表情のままで、静かに声を出して笑った。そして、笑い終えると、こんどはつんとして、顔を窓外へ向けた。どこかに狐を思わせるようなその険のある瞬間の表情が、歌山喜平の眼には残ったが、それはやはり彼には美しく見えた。

それに、あづさの笑い声というものを耳にしたのは初めてだった。その笑い声の冷たさは、彼には気品あるものに感じられ、妻が笑ったということだけでも、彼は満足だった。今までに味わったことのない気が遠くなるような思いであった。

その日、彼だけが名古屋に下車し、妻のあづさは先きに京都の実家へ帰ることになっていた。名古屋で新しく手を付けることになっている事業の打合せ会が開かれることになっていたので、彼はどうしても名古屋で下車して、そこに一泊しなければならなかった。

「明日は正午までに京都に行くから、蹴《け》上《あげ》のホテルに部屋を取っておいて貰いたい」

彼は名古屋で下車する時あづさに言った。妻の実家には泊る気持はなかった。屋敷が広いというだけで、どこかに古い空気と貧しさの漂っている邸宅に、新婚の一夜を過す気持にはなれなかった。それに、自分たちが泊るとなると、何かと上大路家を騒がせることになるので、それに対する気兼ねもあった。

「承知しました。今晩だけ、わたくし実家へ泊りますが、明日はホテルに泊るようにします」

あづさもそれに同意した。

名古屋で下車すると、歌山喜平は駅に出迎えていた自動車に乗った。

「すぐ打合せはできるだろうね」

彼は腕時計を見ながら、助手席に乗っている支社の若い社員に言った。二時だった。

「あいにく、それが延びました」

彼が会うことになっている相手が急に昨日から寝込んでしまったので打合せ会は延期しなければならないという話であった。

それを聞くと、歌山は、いきなり、

「自動車を駅へ戻してくれ」

と言った。打合せ会もないのに、名古屋でむざむざ自分一人の夜を過す気持にはなれなかったのである。

「お帰りですか」

社員は驚いて言った。

「帰る！」

「社ではみんながお祝いをしたいと言って待っております」

「祝いは次の機会にして貰おう」

「でも」

「とにかく、今日は帰ろう。改めて京都からの帰りに寄ることにする」

いったん帰るとなると、もう気持は動かせなかった。駅で三十分程待って、歌山喜平は次の下りの急行に乗った。あづさと一緒でないので、こんどは彼は三等車の一隅に席を取った。あづさと二人で使う金は少しも惜しくなかったが、自分一人で使う金は、たとえ少額でも倹約したかった。不思議だった。

京都へ着いた時は六時だった。駅からすぐ電話を上大路家へ掛けた。女中が出て来た。

「お嬢さまからは、先刻やはり駅からお電話がありまして、山端《やまばな》のお別荘の方へ直接いらっしゃるということでございました」

「そちらへは行かなかったんですか」

「はい。明朝早く、こちらにはお越しになるそうでございます。大奥様をお呼びしましょうか」

「いいや、いいです。僕もすぐ山端の方へ行ってみましょう」

そう言って、歌山は電話を切った。新婚旅行から帰った謂わば最初の里帰りであるのに、あづさが直接両親の許に帰らないということが多少解《げ》せぬ気持でもあったが、何か事情でもあるのだろうと思って、歌山はその時たいして気にも留めなかった。

両親にはかなり我儘なあづさのことなので、蜜月旅行の疲れを別荘で癒《い》やし、その上で明朝本宅へ出向くつもりなのであろうか。山端の別荘には以前は電話があったが、それを近く取り外したということだったので、歌山はすぐ京都駅から京の郊外へとタクシイを走らせた。

別荘へ着いた時は、夕闇が四辺《あたり》に迫ろうとしている時刻であった。

別荘とは言うものの、かなりひどい荒れ方であった。手入れさえすれば、見違えるほどよくなるものと思われたが、玄関横の羽目板は破れたままで、それの修理もしてなければ、広い庭は雑草で埋まり、手入れのあとも見られなかった。

玄関へ行って呼鈴を押したが、すぐには誰も出て来なかった。歌山は二、三回たて続けに呼鈴を押した。すると、七十過ぎの老婆が顔を出した。

「歌山ですが、あづさは来ていますか」

と、彼は言った。老婆は初め彼が誰であるか納得の行かぬ顔付きだったが、そのうちに漸く気付いたと見えて、

「お嬢さんは御飯前に庭を歩くとおっしゃって、先刻裏へ出て行かれました」

それから自分が探して来るから、暫く待ってくれと言った。

「よろしい。僕が行ってみましょう」

歌山は鞄をそこに置くと、裏庭へ行くために建物の横を通って行った。建物はさほど大きくないが、庭は千坪程もあろうか。裏庭へ足を一歩踏み込むと、そこも芝生になっていて、前庭同様雑草は伸び放題に生い茂っている。

歌山はふと足を停めた。建物の横手に裏木戸があって、そこから路地へ出られるようになっているが、その裏木戸のところに十人程の女子供たちが、ひと塊まりになって屋敷の内部を覗き込んでいた。女たちは近所の内儀《かみ》さんたちらしかった。

その様子が変に思われたので、歌山は、

「どうしたんです」

と、その方へ声をかけてみた。すると女たちは逃げるようにすぐそこを離れて行ったが、子供たちは依然としてその場所から動かなかった。

「オマタミキヤがはいって行ったんで、僕たちは帰るのを待っているんだよ」

こまっしゃくれた口調で、十二、三歳の少年が言った。

「オマタミキヤ？」

「映画のさ」

言われて、歌山はオマタミキヤというのが映画スタアの小股幹也であることに気付いた。勿論歌山は小股幹也がいかなる俳優であるか知らなかったが、その名前だけは記憶していた。女や子供たちは有名な映画俳優の姿を自分たちの眼に収めようとしているらしかった。

歌山は裏庭を一廻りしたが、どこにもあづさの姿は見えなかった。もう一度玄関口の方へ戻って、丁度その時内玄関から出て来た老婆に、あづさの姿が見えないことを伝えた。

「磧《かわら》の方へ降りてみなさいましたか」

老婆は言った。

「いや」

「磧の方にでもいらっしゃるんじゃあないでしょうか。裏庭の隅に大きい椎の木がありますが、その横に磧へ降りて行く道がついております」

「じゃあ、もう一度行ってみよう」

「暗くなって来ますから、慣れないと危いですよ。ここで待ってお出でなさいまし。もうお嬢さんもお帰りになるでしょう」

老婆は言ったが、歌山喜平は再び裏庭へと取って返した。一度暗くなりかかると、夕闇は刻一刻その濃さを増して来る感じだった。なるほど庭の隅に椎の木らしい大木があった。薄青く僅かに夕明りが残っている空に、黒々とした枝葉を大きく拡げている。

歌山はその木の傍まで行った。その向うは崖になっていて、その下を川が流れているのであろう。急に川瀬の音が高く彼の耳に聞えて来た。

その時、歌山喜平の半間程先きの地点に、まるで地面からでも湧いて出たような、そんな唐突な現われ方で、突然一つの人影が現われた。相手は崖の道を上って来たのだが、そのような異様な感じに、歌山には見えたのである。

「あづさ?」

歌山喜平は声を掛けた。

「あ!」

という軽い叫びと一緒に、くるりと身を翻し、相手はもう一度もとへ戻ろうとした。雑木の茂みががさがさと音を立て相手は滑り落ちるように急な斜面を降りかけたが、すぐ思いとどまったらしく、再び地上へ姿を現わした。

「嫌だわ。びっくりするじゃあありませんか」

声の主はこんどはつかつかと彼の方へ歩み寄って来た。あづさであった。

「ああ、驚いたわ。犬か何かみたいに、こんな所に立っていらっしゃるんですもの」

あづさの言葉には憎しみと言っていいものが籠められてあった。しかし、歌山喜平の耳はそれを受付けている暇はなかった。あづさの立っているすぐ背後の崖で、烈しくがさがさと雑木が鳴っている。それは何か重い物体でも、雑木の茂みの中をずり落ちて行くような異様な物音であった。

物音はかなり長く続いていた。その間、歌山喜平はひと言も発せず、そこに突立っていた。よほど誰か居るのかと訊いてみようかと思ったが、それに耐えた。そしてそんな彼に向かい合うようにして、妻のあづさも立っていた。彼女の方もまたひと言も口をきかなかった。

歌山喜平の耳の中で、崖の斜面を、何ものかが雑木を伝わって下へ下へと滑り落ちて行く物音が、暫く続いて聞えていたが、それは次第次第に小さくなり、やがて川瀬の音がそれに代った。

歌山は我に返った。それと同時にあづさが少し乾いた声で口を開いた。

「名古屋はどうなさいましたの」

「打合せ会が延期になったんだ」

「とにかく、そんな所にお立ちになっていないで、お家へはいりましょう」

「立っているのは、君の方じゃあないか」

「あら！」

不意を衝《つ》かれるようにどぎまぎすると、

「御飯召し上がってからホテルへいらっしゃいます？　それとも、すぐ？」

と、あづさは訊いた。

「君は？」

「わたくし⁉　わたくしは今夜東山の家へ帰って泊ります」

「僕も一緒に泊ってもいい」

「あら、いけませんわ、あんな汚いところ見て戴きますの。——それに、父が寝ておりますもの」

あづさは言った。彼女の父が脳溢血で倒れて以来三年越しの病床にあることは事実だった。

「君はここへ泊るつもりじゃあなかったのか」

「こんなところへ泊るものですか。崖の百日紅《さるすべり》が咲いているかどうか見に来たんですもの。東山のお家の方で待っていて下さればよろしいのに嫌ですわ。こんなところまで追掛けて来るんですもの。すぐ、わたし、帰るじゃあありませんか」

話しているうちに、次第にあづさの言葉は非難の口調を帯びて来た。

「よし、僕はすぐホテルに行こう」

歌山喜平は言った。

「じゃあ、ばあやに自動車を招《よ》ばせますからそれで御一緒に参りましょう。わたくし、東山の家で降りますから、貴方はそのままホテルにいらっしゃいませよ。父と母には明日会って戴くとして」

そう言うと、あづさは足早に家の方へ立ち去って行った。

歌山は玄関口へ廻り、そこで二十分程一人で立っていた。老婆が自動車を招ぶために門から出て行ったのも、帰って来たのも知らなかった。またあづさが彼の傍に来て立ったのも、自動車が二人を乗せるためにやって来たのにも気付かなかった。

彼の耳からは、先刻の崖の雑木のがさがさいう音が離れなかった。それは実際に、いま彼が聞いているかのように耳許で鳴り続けていた。一人の男が、彼の眼から逃れるために周章《あわ》てて崖の斜面を雑木に摑まりながら、下へ下へと降りて行く音でなかったと、誰が断言できようか。そしてまたその男が映画俳優小股幹也でなかったと——。

自動車の中でも、歌山喜平の耳には、先刻聞いた崖の雑木の音が鳴り続けていた。歌山とあづさはひと言も口をきかないで肩を並べて自動車に揺られていた。お互いに考えなければならぬことをいっぱい持っていた。

東山通りから少し入った高台にある上大路家の前で自動車が停まった時、

「じゃあ、明朝、ホテルへ御連絡しますわ」

そう言って、あづさは降りた。そして流石《さすが》に気でもひけたのか、

「淋しいけど、一晩だけ我慢して下さいね。父や母の手前、今夜も一緒に居るの恥しいんですもの」

少し甘えた口調で言った。歌山喜平が聞いた初めての新妻の艶《なま》めいた言葉であった。

「明日午前中に、お父さんやお母さんに御挨拶に来よう」

「そうして下さいませ。――それから明日の晩からまた御一緒ですから、ホテルのお部屋は大きいのでないと――」

「うむ」

歌山は頷《うなず》いた。

自動車は再び走り出した。烈しい淋しさが、一人になった歌山喜平の心を緊めつけて来た。彼が物心がついてから知った初めての、魂をそっくりどこかへ抜き去られてしまったような強い寂寥《せきりょう》感だった。その淋しさはホテルへはいってからも消えなかった。歌山は食堂で夕食を摂り、自分の部屋に戻ると窓を開けて、そこに立った。玄関の傍の躑躅《つつじ》が満開で、それが屋外燈の光に照し出されて、少し現実放れした色彩で、暗い中に浮かんでいた。歌山喜平は長いことそれを見詰めていた。

電話が鳴った。上大路家から使いの者が見えたことを伝えて来た事務所からの電話だった。

やがて、ボーイに案内されて、三十歳ぐらいの一見して女中と判る女が現われた。

「わたくしたけと申します。お嬢さんがまだお小さい時にお屋敷に上がり、それからずっとお世話になっている者でございます。これから宜しくお願いいたします」

美人とは言えなかったが、色の白い、小柄な、いかにも女中をするために生れて来たような控え目な表情と容姿を持った女だった。

たけは、あづさの命令で、歌山の下着類の着換えを持って来たのであった。

「すぐお着換えになりますか。そうしたら、お洗濯するものを戴いて帰ります」

それには答えないで、

「躑躅が綺麗だね」

歌山は再び窓際に立って、窓の下に視線を投げながら言った。その時、たけは、歌山に綺麗だと言われたので、自分もその躑躅を見なければ悪いとでも思ったのか、窓際に近付いて来た。そして歌山のすぐ横に立って、窓から身を乗り出すようにした。

「綺麗だろう」

「はい」

その時、思いがけず、全く思いがけず、兇暴なものが歌山の体を走った。彼は自分の現在の寂寥感をあるいは埋めてくれるかも知れない小さい女の背を、急に血走って来た眼で見詰めた。襦袢《じゅばん》の襟には汚れがなく、白い首筋には後れ毛がまといついている。

歌山はいきなり背後からたけの上半身を抱いた。

「あら、御免下さいませ」

たけは叫んだ。そして身をもがきながら、同じ言葉を、一つ覚えのように何回か繰り返した。たけは歌山が自分の女主人の夫であるということで抵抗することができなかったのかも知れない。

歌山は、たいして努力せず、血の気を失った顔をしているたけの体をベッドに運んだ。たけは催眠術でもかけられたような従順さで自由になった。

「心配しなくてもいい。一生棄てはしない」

歌山は愛情とは無縁な、まだ顔形すらろくに知らない女を抱きすくめて言った。そして本当に俺は一生この女を棄てはしないだろうと思った。四十年間自分に固く禁じていた大きい浪費を、歌山喜平はいま、新妻への復讐のような気持で自分に課したのであった。

二十五年経った。昭和二十七年十月末のことである。

伊東の海辺にある別荘で、歌山喜平は庭に卓と椅子を出し、そこで午前の秋の陽を浴びながら一人娘の百合子と二人で茶を喫《の》んでいた。

百合子は廂《ひさし》だけのゴルフ帽子を冠り、陽が顔に当るのを避けながら、ゆるく組んだ膝の上に新聞を拡げて、先刻から熱心に読みふけっていたが、

「一軒の家に二組の泥棒がはいり、それがかち合せしたんですって！」

母のあづさの若い時に似た澄んだ声だった。

「ほう」

「読んで上げましょうか」

「うむ」

歌山喜平は気のない返事をした。新聞記事に気がなかったわけではない。陽の光の中で薄く見える紅茶の色に眼を当てながら、彼は幸福というものは、あるいは今のようなこうした時を言うのかも知れぬという、そんな思いに取り憑《つ》かれていたのである。いつも、娘と二人で庭に出て茶を喫んでいると、歌山喜平は幸福という考えにひっかかって来る。きっとこれが幸福というものであろうと思う。

しかし幸福について考える人間が、決して幸福でないように、歌山喜平はこれまで決して幸福ではなかった。いつも、己が不幸の証拠のようなものとして、自分の娘である百合子を見守って来たのであった。歌山喜平はどうしても百合子が自分の子供であるとは信じられなかった。百合子は、あづさと結婚した翌年一月生れた。妊娠した月にも疑問を持てば持てたし、何より問題は百合子が映画俳優小股幹也に似ていることであった。

妻のあづさはあの京都の山端の別荘に於ける場合を除いては、それ以後ただの一度も夫が疑念を差し挟むような行動は示さなかった。外泊したこともなかったし、断りなしに家を留守にしたこともなかった。その意味ではずっと貞淑な妻であると言えた。しかし、歌山喜平はこの二十五年間雑木の枝の鳴る音を決して忘れることはできなかった。

百合子が生れてから一年程して、歌山喜平は初めて小股幹也の写真を見た。それは小股が自動車事故で亡くなり大きく新聞に取り扱われた時である。写真で見る限りに於ては、それは百合子と生き写しであった。そしてその若い俳優が女関係に極めてルーズな人間であったことも、その時知ったのである。それまでは彼は若い映画俳優の写真を見ることは勿論、その名前さえ耳にすることは嫌だった。あらゆるそうした機会を避けて来ていたのである。

歌山喜平は長い年月の間、一度も自分の疑いをあづさに洩らさなかった。洩らさないでいられたのは、彼自身もまた妻に対して秘密を持っていたからである。

「ね、随分、とんきょうな事件でしょう」

百合子は短い記事を父のために読み終ると言った。

「うむ」

歌山喜平は、しかし、何も聞いていなかった。自分の血が入っていようといまいと、自分が愛情をもっていればそれでいいではないか！　そんなことを、何回も自問自答した挙句、いつも到達する結論に、いまもまた彼は到達しようとしていた。歌山喜平はこの世の誰よりも百合子を愛していた。

「もう一度読んでおくれ」

彼は漸く自分で確めた幸福の上に坐って、改めて娘に言った。

「嫌なお父さま、聞いていらっしゃらなかったの？」

百合子はまた同じ記事を読み出した。歌山は娘のこうした素直なところが好きだった。

こんどは歌山喜平はその小さなユーモラスな事件を、無駄口を差し挟みながら聞いた。

昔の金貸し時代の烈しいところは微塵《みじん》もなく、彼はいまや温厚な老事業家であった。

女中がやって来た。

「会社の高山さんという方がお見えになりました」

「お通ししてくれ」

彼は言った。

「あら、お客さんですの」

百合子は立ち上がろうとした。

「いや、構わん。こんど新しく資材課長になった青年だ」

間もなく、庭の向うの隅からあづさに伴われてやって来る高山高夫の姿が見えた。歌山はその方に視線を投げたまま、青年の近付いて来るのを待った。

「日曜にお邪魔しまして」

青年は近付いて来ると年齢には似合わない落着いた声で言った。

「ちょっと御挨拶にまで上がったんです」

「まあ、掛け給え」

歌山はそう言ってから妻のあづさに、

「こんど山田君に代って、九州支社から資材課長になって来た高山君だ」

そう紹介した。あづさは持前の何事にも無関心な態度で、ただ軽く頭を下げたが、傍から百合子は、

「あら、お若い課長さん！」

と声を出した。いかにも驚いたといった声であった。実際に高山高夫は若かった。それにつられるように、

「幾つだったかね、君」

歌山喜平は言った。

「二十四歳です」

眩《まぶ》しそうな顔をして、身嗜《みだしな》みのいい青年は言った。

「じゃあ、わたしと同じですわ」

百合子は言った。

「同じ二十四歳でもえらい違いだね」

歌山喜平は大きく笑った。

「どうぞ、ごゆっくり」

あづさは初めて口に出して言うと、夫と客を二人にするために、百合子を誘うと縁側の方へ去って行った。

あづさと百合子が歩いて行く姿は、姉妹のように見えた。あづさは四十五歳だったが、とてもそんな年齢には見えなかった。肩にも腰にも贅肉《ぜいにく》がついて中年婦人の肥りを見せ始めていたが、上半身をまっ直ぐに伸ばして歩いて行く姿はひどく若々しかった。

若い資材課長は二十分程、会社の仕事の話をして、それが終ると、きびきびした感じですぐ立ち上がった。

「お暇《いとま》します」

「いいじゃあないか、昼食でも一緒に食べて行き給え」

歌山喜平は引き留めたが、

「今日は挨拶廻りです。部長の家へも顔を出したいんです」

「そうか。それならそうする方がよかろう」

彼もまた立ち上がった。いかにも自分が抜擢《ばってき》した気に入りの青年に対するといった態度だった。

青年が帰って行くと、歌山喜平はそのまま椅子に腰掛けていた。そして短く刈り込んだ銀髪を秋の陽に輝しながら、彼はそこから動かなかった。

いつあづさがやって来て、前へ腰掛けたか、彼は知らなかった。

「お暑くありません？」

その声で、彼は我に返った。

「いや」

「朝のうちはいいですが、今頃になると暑うございますわ」

「うむ」

「お家におはいりなさいませよ」

「いや、気持がいいから、もう少しここにこうしていよう」

「何をお考えになっていますの？」

歌山喜平は顔を上げた。その時気付いたのだが、あづさの冷たい視線が正面から彼に当てられていた。

「何も考えてはおらんよ」

彼が言うと、あづさは、彼に視線を当てたまま暫く黙っていたが、やがて、硬い表情で、

「随分お若い課長さんですわね」

と言った。

「できる青年だ」

「そりゃあ、おできになるでしょう。二十四歳で課長に抜擢されるくらいですもの」

「これからは若い者の時代だ」

「二十四歳で課長、二十六歳で部長、三十歳で重役、――もしかしたら社長ですわね」

あづさの言葉は静かだったが、しかし、聞き方に依っては、針が感じられた。

歌山喜平は顔を上げた。

「変な言い方をするね」

「お気になります？」

「別に気になることはないじゃあないか」

「そうでしょうかしら」

それからあづさは視線を夫の顔から離し、自分の膝の上に落すと、じっと考えるようにしていたが、

「わたし、あの方がずっと小さい時、三つか四つぐらいの時、家へ来たのを覚えておりま

すわ」

と言った。思い切って言ってしまおうといった面持ちだった。

「そんなことはあるまい」

歌山喜平は真顔で言った。

「いいえ、確かに参りました。何の時か忘れましたが、大勢人が集まる時でした。お正月でしたかしら。東京の家の新築祝いの時でしたかしら。――とにかく、そんなごたごたした時だと思うんです。誰が連れて来たか判りませんでしたが、その時、三つぐらいの子供が廊下を走っておりました。そして、応接間のストーブにつまずいて、右の手を火傷したことがありました」

「ほう」

そんなことがあったかも知れないと歌山は思った。

「わたしが、抱き上げて薬をつけてやった記憶があります」

「よく憶えているね」

「そりゃあ、憶えておりますわ。わたし、その時妙にその子が嫌でした」

二つの視線がぶつかった。歌山喜平ははっとした。あづさがこのように突き放すような言い方をしたのは始めてだった。

「高山さんが煙草を取り出す時、私は右手に火傷の跡がついているの見ました」

「それで、その子供が高山君だと言うのかい」

「はい」

「手に火傷の跡を持っている人は、世の中に沢山あるだろう」

　すると、あづさは、

「今日は変な日ですわね。こんないい日和《ひより》ですのに、一生黙っていようと思っていたこんなお話をするなんて！」

　と言った。それから、

「わたくし、その火傷の跡は決して忘れませんの」

　切札でも並べるような、言い方だった。

「どうして？」

「わたくし、自分でその子供の手に火傷の跡をつけないとも限らないじゃありませんか」

　歌山喜平は息を飲むと、思わず腰を上げるようにした。

「突き飛ばしたのか」

「本当は突き飛ばしは致しません。子供はよちよち歩いていて、自分で転んで、ストーブの焼けたところに触ったんです。ただ、わたくし、場合に依っては、そうしかねなかったということを申し上げただけなんです」

あづさの顔からはいつか全く血の気が引いていた。歌山喜平は、急に笑い出した。

「どうかしているよ、君は」

「どうかしているかも知れません」

「変な妄想はよすことだね」

彼は努めて穏かに言った。

あづさの予感は当っていた。高山高夫は紛れもなく彼の血を分けた子供だった。百合子が彼の子供であるよりは、もっと確実に、高山高夫は彼の子供であった。母のたけは秘密の子供を産み落すと、十日目に病歿し、子供は彼女の兄夫婦の子供として育てられたのである。高夫自身さえもその出生の秘密は知っていなかった。

歌山喜平は、妻に決して自分の秘密をあばかれる怖れのないことに気付くと、煙草に火を点《っ》けて、いつもと同じ笑い方で笑った。

「あの青年が僕の子ででもあるというのかね」

返事をしないで、あづさは俯向いていたが、

「滑稽かも知れませんわね、こんな考え方」

急に興奮が醒めた声で言った。憑《つ》きものが落ちたような顔であった。

しかし、あづさの興奮が醒めると、こんどは歌山喜平は自分が次第に興奮して来るのを感じた。どうしてこの女は疑いを抱きながら、長い間それについて一言半句も触れなかったのか。二十何年の間、それを口に出さないでいることが出来たのか！

それは自分の方にも秘密があったからではないか。それに違いないと思う。そうした心の秘密を、誰よりも一番よく知っているのは、彼自身である。彼の場合、あづさへの疑惑を口にしなかったのは、全く、彼の方に秘密があったからである。その秘密があったればこそ、彼は二十何年か、妻への疑いを、どんなに心が煮え沸《たぎ》っても、口にしないでいることができたのである。やはり、百合子は俺の子供ではないだろう。

歌山喜平とあづさは、それからお互いに押し黙ったまま、向かい合って坐っていた。百合子が昼食を報せて来たので、それを機会に二人は立ち上がった。

また三年経った。三十年の六月上旬に、歌山喜平は娘の百合子を連れて、一週間程の予定で京都へ出掛けて行った。

丁度京都の支社で創立三十周年記念の祝賀会が開かれるので、それへ自分が臨むことと、序《つい》でに京の新緑を娘に見せてやりたいというのが、こんどの京都行の目的であった。

宿は街の中心部にあるホテルに取った。東京の本社の幹部たちも数名西下して同じホテルに投宿し、高山高夫の姿も見えていた。

全国に散らばっている支社の幹部たちが京都に集まっているので、会社では毎晩のように各種の会合が開かれていたが、歌山喜平は祝賀会の席上にちょっと顔を出しただけで、あとは自分だけの自由な時間を持った。

京都へ来て三日目のことである。歌山喜平はホテルの食堂で、朝食を食べながら、

「今日はどこへ出掛けようかね」

そう百合子に言った。

「わたし、今日はお友達のところへ招ばれているんですの」

「お友達⁉ 結婚しているのか」

「ええ。お子さんもありますの。お父さま御存じないかしら、もと原さんって言った背の高い人！」

「知らんね。——招ばれているんなら行っておいで」

歌山喜平は言った。そして奈良へ連れて行くよりも、家庭を持った友達のところへやる方が寧ろいいかも知れないと思った。

歌山夫妻の現在持っている悩みの種と言えば、百合子が二十七歳になるのに結婚してい

ないことである。これまでに数え切れぬ程話はあったが、結局はどれも本人の百合子の気に入らぬようであった。歌山もあづさも乗気になった話は一つや二つではなかったが、百合子はなんだかんだと言ってそれを断わった。

その日、正午少し前に、百合子はホテルを出て行った。歌山喜平は一人でロビイで何種かの新聞を読んでいたが、新聞で八瀬《やせ》の新緑が美しいという記事を読んで、ふとそこへ行ってみる気持になった。

自動車を頼んで、三時にホテルを出た。三千院と仁和寺を見た。新緑は美しかったが、あとからあとからバスがやって来て、観光客を降ろすので、どこも騒がしく埃りっぽくて落着かなかった。

帰りに自動車が山端を通った時、歌山喜平は二十何年か前一度踏み込んだことのある別荘の前で自動車を停めさせた。表札には歌山と認められてあった。曽《かつ》てはあづさの実家である上大路家のものだったが、現在は彼の名義になっていた。しかし、歌山喜平は、この別荘には一度も来たことはない。来る暇もなかったが、来るのも嫌だった。妻の実家の経済的な事情を救うために、何となく自分の所有にしたに過ぎない別荘であった。あづさの遠縁に当る老人が留守番代りにはいっているということだったが、詳しいことは知っていなかった。

歌山喜平はこの家の前まで来た時、ふと、内部を覗いてみたい気持になったのである。全くの気紛れだった。

彼は自動車を降りると門をくぐった。

玄関に立って声をかけたが誰も出て来る気配はなかった。歌山喜平は、二十何年前そうしたように、こんども建物の右手に廻って行った。庭はきれいに手入れがしてあった。手入れされてはあったが、どこかに所有者が訪ねることのない別荘の持つ淋しさがあった。

歌山喜平は裏庭へ出た。

椎の老樹がすぐ眼に付いた。位置が少し違うような気がした。椎の木のすぐ背後には小道が出来ている。歌山はそこまで行って崖の斜面を覗き込んでみた。雑木の間から川の流れの一部が透いて見えた。百日紅が何本かあって、どれも紅い花をつけていた。

その時、歌山喜平は崖下の一本の百日紅の根本に若い男女が寄り添うようにして立っているのを見た。歌山喜平は、はっとした。異様な気持だった。夢であるか、現実であるか、はっきりしない気持だった。場所が場所だけに幻覚かも知れないと思った。が、そうした気持はすぐ破られた。女が百合子ではないかと思ったからである。

歌山は思わず何歩か斜面を降りた。かさかさと雑木の音がした。気が付くと、彼の両手は雑木の枝を握っていた。そうしなければならぬ程道は狭く急だった。

もう一度崖下に眼を遣った。丁度その時、二つの男女の姿が一つになった。外国映画にでも見るような抱擁の一場面が、歌山喜平の眼にはいった。が、二つの体はすぐ離れた。女は紛れもなく百合子だった。そして更に驚いたことは、男が高山高夫であることだった。

歌山は崖を上がった。崖を上がった時、軽い眩暈《めまい》を感じた。ひどく全身がだるかった。歌山は夢うつつに門前の自動車のところまで辿り着いた。

「ゆっくり走らせてくれ」

いきなり運転手に言うと、彼は地面に屈《しゃが》み込んだ。

運転手の手に依って、彼の体は自動車の内部へ運ばれた。

自動車はのろのろと走った。

「どこか病院へやってくれ」

途中で一度だけ、歌山喜平は呟くように言った。

歌山喜平の意識がはっきりしたのは、それから二日後であった。二日間意識を失っていたわけではない。彼は大勢の人間が入れ代り立ち代り自分の周囲に集まったことを知っている。その話声も耳にはいった。彼自身も何か言った。ただ彼の体のあらゆる機能がおしなべてその活潑さを欠いていたのである。周囲の人の顔もはっきり区別ができなかったし、その話声も正確には聞き取れなかった。自分の発音も思うようでなかった。

しかし、二日後の今、歌山喜平は発音が多少不自由であるということ以外、すべての機能の正常な働きを取り戻した。彼の傍には妻のあづさが居た。彼女は椅子に腰を降ろして、雑誌を読んでいた。

「水をくれ」

彼が言うと、

「あら、はっきり言えるようになりましたわね」

と、あづさは言った。

「脳溢血だね」

「そうです。でも極く軽いそうです」

「もう一度やって来られるといかんね」

「だから、静かにしていらっしゃらないと」

歌山喜平は、口を噤んだ。脳溢血の発作が続いてもう一度あったら、それで万事お仕舞だと思った。

「何時？」

「十時頃でしょうか？」

「夜の？」

「そうです」

「静かだね」

遠くの電車の響き以外、何も聞えていなかった。海の底のようにしんとしていた。病院のよほど奥まった一室に自分は居るのであろう。

歌山喜平は、いま自分の横たわっているところが、東京であろうと、京都であろうと、そしてまたどこの病院であろうと、そんなことは別段知りたくはなかった。そして又、自分が倒れてからどうなったか、あづさがその報せをいつ受取ったか、娘の百合子がいまどこに居るか、一切そんなことは知りたいとは思わなかった。

知りたいことは、ただ一つであった。娘の百合子が自分の子であるかどうかということであった。彼がこの二十何年抱き続けて来た疑惑を、いまやはっきりさせなければならなかった。

歌山喜平は、その時、自分が今までとは全く違った念願を抱いていることに気付いた。それは、どうか、百合子が自分の子供でないようにという全く今までとは反対の願いであった。

「あづさ」

歌山喜平は仰向いて、横たわったまま言った。

「俺は、百合子と高山君が接吻しているのを見たんだよ」

相手にはっきりと聞き取れるように、ゆっくりした口調だった。あづさがどんな表情を取ったか、歌山は見ることが出来なかった。ただ、呻くような軽い叫びがあづさの口から洩れたのを聞いた。それだけで何の言葉も続かなかった。

十分か二十分、二人は押し黙っていた。

「俺は二人を一緒にしてやりたいんだがね」

歌山喜平は言った。

「はい」

あづさは言った。そしてまたそのまま沈黙が続いた。看護婦がはいって来て体温を計り、脈を調べて帰って行った。

「問題は——」

歌山は言った。そして言い直した。

「今、君が考えていることは、高山高夫が僕の子供であるかどうかということではないかね」

歌山は、その言葉に続けて、高山高夫が自分の子供であるということを、はっきりと言うつもりだった。あとはすべてを神に任せる。百合子と高山が結ばれることが神の意志に添うか否かは、妻のあづさだけが知っていることなのである。

「高山は――」

歌山喜平は言いかけた。その時それを遮るように、

「高山さんは貴方の子ではありませんわ」

と、あづさは言った。

「そうだったらどうする?」

歌山は初めて、そっと体を動かして、妻の方を向いた。

「そうではありません」

「そうだったら」

あづさの顔は真蒼だった。彼女はまた、はっきりと大きく首を横に振って、

「そうではありません」

と、きっぱりと言った。やがて、歌山はあづさの手が自分の額の上に置かれるのを感じた。

「貴方の子供の百合子と、貴方の子供でない高山さんとが結ばれても、いっこうに差し支えないことでしょう。二人がそれを望むなら、神さまだって祝福して下さると思います」

あづさは言った。涙がいっぱい眼に溜っていた。歌山が妻の涙を見たのはこの時が初めてであった。あづさは身を震わして嗚咽《おえつ》を噛み殺し続けていた。歌山はそれを妻の自分への謝罪の涙として、素直に受け取った。

やはり百合子は自分の子供ではなかったと歌山喜平は思った。しかし、彼の心の底にはほっとした思いがあった。百合子の出生の秘密は、依然として歌山には判らなかったが、そんなことはどうでもよかった。判っていることは、自分が苦しかったと同様に、彼女もまた長い間苦しかったに違いないということであった。歌山は初めて自分の妻にかけてやる愛情深い言葉を探した。

「寒くないか、風邪をひくよ」

そう言った。二度目の発作が、その時歌山喜平を襲った。

ある偽作家の生涯

日本画家大貫桂岳伝記編纂《へんさん》の仕事を大貫家から依嘱され、それを引き受けてから今日まで十年近い歳月が経過しているが、未だに私はその約を果していない。今年の春、京都の同家から、桂岳の十三回忌を禅宗の某寺で行なうという出席可否を報ずる返信葉書のついた印刷の通知状を貰ったが、正直のところちょっと大貫家の人々に顔を合せにくいようなその時の私の気持であった。その十三回忌には幸か不幸か仕事の関係で出席できなかったが、出席できないことで、むしろ救われた吻《ほっ》とした思いが動いたことは事実であった。

昭和十七年頃だったと思うが、最初大貫家の嗣子《しし》卓彦から桂岳の伝記編纂の仕事の交渉を受けた時の、先方の条件は、別段急がないけれど、七回忌には故人の霊前にも供え是非参会者にも頒《わ》けたいから、それまでに出版できるように脱稿して貰いたいという話であった。その七回忌というのが、終戦の二十年の三月に当っており、私にも大貫家にも桂岳の伝記どころでないあわただしい生活がその前後に置かれてあったわけで、従って私の伝記編纂の仕事も資料蒐集《しゅうしゅう》の段階で一時中止の已《や》むなきに至り、この約束も自然解消の形を採ったのであった。ところが戦後改めて大貫家から再び交渉があり、時代も落ち着いたし、いつまでも放置しておくわけにも行かないので、早急に伝記を完成してくれないかということであった。そしてそれから今日までに、大体年に一回ぐらいの割で、卓彦から伝記編纂の進捗《しんちょく》状態についての、いかにも彼らしいそれとない問合せの葉書を貰っており、その度に私は、その場限りの苦し紛れの返事をして、一時を繕《つくろ》って来たわけであった。

そもそも私に桂岳の伝記編纂の厄介な仕事の白羽の矢が立ったということは、当時私が大阪の某新聞社の美術記者をしており、仕事の上で故人とも何回か面識があり、故人も他社の記者よりも私に好感を持っていたようで、そんな事情もあって、資料の蒐集にも比較的便利であり、画壇の知識も多少持ち合せている美術記者としての私の立場が買われたらしく、大貫家の遺族や門下生の間で、最適任者として私が伝記編纂の担任者として選ばれたようであった。

この話を受けた時、私が二つ返事でこの厄介な仕事を引き受けたのは、大貫桂岳の人柄も作品も好きであったし、それに何より桂岳の伝記を編纂するということは、彼を中心にして京都画壇史、というよりも日本画壇史を書くようなもので、これを機会に一応美術記者として明治以降の日本画壇の変遷推移を勉強しておくのも決して悪いことではないと考えたからであった。

しかし、簡単に引き受けてはみたものの、これは私が考えたほど容易な仕事ではなかった。先ず手初めに年譜の作成に着手したのであるが、晩年の京都の豪壮な邸宅を構える前は、桂岳は気分の赴くままに転々として京都市及びその近郊だけでも十ヵ所以上居を変えており、また一年の半分近くを旅で送っている状態で、世に喧伝《けんでん》された名作や大作も、どのアトリエで何時《いつ》制作されたものであるかさえも、なかなか正確には摑み得ない状態にあった。まして彼の六十余年の生涯の行動の軌跡を辿《たど》って行くということは、何人かの画家や門下生、画商、表具屋、所蔵者等の話を綜合してみる他なく、しかもそれぞれの話がまちまちと来ているので、外部から考えるような簡単な仕事ではなかった。

それに桂岳は五十歳の時糟糠《そうこう》の妻みつ女を喪っており、以後桂岳より二年遅れて物故した年老いた女中と書生との三人暮しが続いていた。しかも書生の方は桂岳が気難しいため長く居附いた者はなく絶えず交替していた。一番よく故人の動静を知っているべき筈の嗣子の卓彦が又長くフランスで暮し、桂岳が歿する五年程前に帰朝してはいたが、東京で別に家を持って、いかにも我儘者の彼らしい父への向い方で、殆ど生前の桂岳の生活に触れていなかったので、桂岳の私生活については詳しい知識を持ち合せている者は殆どないと言ってよかった。それにもう一つ加えて、桂岳の不羈《ふき》奔放な野人的性格から拠って来たることであるが、彼には常に画壇というものを白眼視しているようなところがあって、画壇的には終始一貫孤立派として過したと言ってよく、それがために彼の伝記資料の蒐集は到るところに大きい困難と支障を伴った。

それやこれやで、伝記の基礎となるべき年譜の作成さえも捗々《はかばか》しく進捗せず、極く初期の作品を、彼の出生地に近い瀬戸内海沿岸の町々を訪ねたり、晩年の鑑賞画（売画）の大作を、どういうものか不思議に桂岳愛好者が集まっている北陸の小さい織物町に見に行ったりして、僅かにノートを二、三冊つくっただけで、そのうちに戦争が烈しくなると共に、桂岳の伝記編纂の仕事は、基礎調査半ばにして打ち切られて仕舞ったのであった。

戦後は私には、この仕事は一度腰を挫《くじ》かれた妙な億劫《おっくう》さが先に立ち、引き受けてある以上取りかからねばならぬと思いながら、その仕事の特殊な煩瑣《はんさ》さも知っているだけに、おいそれと腰を上げる気持にはなれなかったのである。それに肝心の私自身が、戦後、自分でも思いがけず新聞社をやめて、東京に出て、文学の方へ頭を突込むようなことになり、絶えずその方の仕事に追われ勝ちで、それやこれやで桂岳の伝記の仕事は未完成の至るところ空白だらけの年譜と、二、三冊の断片的なノートのままに、一日延しに今日まで放置しておく結果を招くに至ったのであった。

事情は以上のようなものであるが、それにしても、十三回忌にさえ伝記が間に合っていないとなると、私としては大貫家に対しても、また故人に対しても、いったん引き受けてそれを延し延しにしてある手前、ちょっと顔向けの出来ないものがあり、その回忌の通知を眼にしてから、今年こそは何とかして、たとえ形だけでも、伝記の仕事に恰好をつけ、その責の一半を果して吻としたい気持があった。

そして七月八月と暑い盛りは、どうせ自分の仕事の能率も上らないのが毎年の習わしであるので、私はこの暑中の二ヵ月を桂岳の伝記編纂の仕事に当てる予定を立てて、そのために郷里の伊豆の天城の麓の山村に、小さい仕事場を持ったのであった。私は毎日午前中だけを、この仕事に当てて、不明なところは不明なままにしておいて秋にでも京都へ行ってそこを埋めることにして、とにかく一応脱稿して仕舞おうとやや強引に仕事に取りかかったのであった。

仕事は七月の間はまあ順調に進んだと言ってよく、十冊近い随筆集や紀行文に眼を通して、判明しただけの旅行、その年次の主要作品などの書き込みも終って、一応蕪雑《ぶざつ》ながら桂岳の年譜を作成し終ることが出来たのであった。そして八月に入ってからは、なるべく信拠し得る事実だけを配列して臆測を避ける執筆態度で、古いノートを参考に、伝記の幼時から青年期の分までを脱稿、京都の片倉逸草、吉水雅鳳等に相次いで師事し、明治三十年絵画共進会に出世作「失楽」を発表して褒状を受け、これを契機として、ちょっと比肩するもののない華々しさで天才作家としてスタートし、初期の「白夜」「老狐」「薄雪」等の名作と称せられるものを相次いで発表して行く辺《あた》りまで書いて行ったのであるが、ここまで来て、私の筆は突然止って仕舞ったのであった。

青年桂岳の絢爛《けんらん》たる芸術家としての開花期の叙述に当って、私は桂岳の唯一の自筆資料とも言うべきこの期の未発表の日記の内容をそのまま処々に挿入していたのであるが、その日記というのは、戦後初めて京都の大貫家を訪ねた時、大貫卓彦から、

「ちょっと珍しいものが見附かったので、何か参考にならないかしら」

と言って手渡されたもので、和紙に細字で明治三十年の暮から三十二年の夏までの日々の出来事が、断片的な覚書風に書き記されたもので、当時の桂岳を知る上には、唯一無二と言っていい貴重な資料であった。大貫家では、これを疎開の時、倉の中にある支那鞄の中から種々雑多な反古《ほご》類と共に発見したものであるということであった。

私はこの日記の中で最も興味深く感じたことは、生涯本当の意味で一人の友達も持たなかったこの天才肌の傲岸《ごうがん》不遜《ふそん》な画人が、この期に篠崎という一人の友を持っていたということである。この篠崎という名は三カ所出て来る。しかもこの篠崎という名はこの日記に出て来る家人以外の名の唯一のものであった。「銀牌を携えて北野に篠崎を訪《おとな》う、徹宵酒

を酌《く》みて快談」という箇所が一つ。――これは京都絵画協会展に「孔雀図」を描いて特別賞状を獲った時であることは、前後の文面からほぼ確実である。恐らく彼は賞品の銀牌を携えて行って、その悦びを親しい友と頒け夜を徹して酒を酌み交したものらしく、青年桂岳の最も得意な一夜であったことは想像に難くない。そうした悦びを遠慮なく頒っているところから考えると、この篠崎某はよほど桂岳と親交あった人物と見なければならない。

次に「祝いに篠崎より鯛一尾を贈らる。直ちに篠崎を下立売《しもたちうり》に訪うも留守、部屋の襖《ふすま》に大書して帰る」というのがある。これも恐らく、展覧会か何かで入賞してその祝いに篠崎某より鯛一尾を贈られ、急にその友情に刺戟されて篠崎をその家か下宿に訪ねたものと思われる。〝襖に大書して帰る〟というのは、何を認《したた》めたか不明だが、来意を告げたか、祝い物を贈られたことに対して、彼が後年よくものした漢詩でも即興的に書き記して謝意を表したかしたものであるらしく、甚だ乱暴な話であるが、如何にも天才画人桂岳の若い日の面目躍如としていて私には興味深いものがあった。これは何月何日とも認めてない。

最後にもう一ヵ所篠崎という名前の出て来るところは、「篠崎生山《しょうやま》を朝立ちして来洛」とある。これは日記の最後の方で、明治三十二年の夏八月三日の日附がある。ただそれだけのことが挿入されてあるだけで、この一行は前後と無関係でこれに特殊な意味があろうとは思われぬ。しかしこの生山という文字を見た時、この時初めて私には桂岳の親しい友であったらしい篠崎某なる人物が、突然偽作家原芳泉としてはっきりした映像を以て脳裡に浮び上って来たのであった。

私は原芳泉という桂岳の偽作を書いて暗い不幸な生涯を送った一人物について、多少の知識を持ち合せていたが、この瞬間まで半ば忘れていたこの人物が、若い日の桂岳の殆ど唯一と言っていい親しい友篠崎某であるに違いないと知った時、何とも言えない異様な感慨に打たれたのである。

勿論この時思い出したのであるが、原芳泉はそう言えば、養子であったと聞いた記憶があるし、実家の名前は聞いたことはないが、原芳泉の郷里である中国山脈の山中にある日野川に沿った小さい部落には篠崎という苗字がやたらに多かったことも併せ思い出され、篠崎某と原芳泉が同一人物であることは最早私には疑い得ない事実として受け取れた。

私は二日程、大貫桂岳の伝記の記述の筆を投げて、南向きの縁側の籐椅子に腰かけたまま、急に陽の光の弱くなった晩夏の天城の山肌に視線をやって無為に過して仕舞った。ともすれば天才画家桂岳の輝かしい若き日の肖像より、原芳泉の数奇な生涯が——勿論それはその時初めて彼に関して私の持っている断片的知識が一つの脈絡をもって一人物の生涯の映像として浮び上って来たものであるが——私の思いを奪い勝ちであった。私は原芳泉について何か考えなければならぬ強い衝動を感じて山肌に顔を向けていたのである。何か彼のために考えてやらずにはいられないものが、原芳泉の生涯にはあるようであった。

私が初めて原芳泉の名を知ったのは、昭和十八年の秋で、大貫卓彦と二人で桂岳の初期の代表的作品の何点かが、彼の出生地が近い関係で兵庫、岡山両県下の内海寄りの諸町村に散らばっているので、一応それに眼を通すために出掛けた時であった。

私たちはその時五日程の予定で、明石、加古川、高砂、姫路、飾磨《しかま》、相生《あいおい》、和気《わけ》、西大《さいだい》寺《じ》といった順序で、桂岳の作品の愛蔵家の家々を訪ねたものであった。卓彦からそれぞれの家へ前以て一応訪問の用向きを通じてあったので、私たちは大抵の家で款待《かんたい》を受け、名ばかり聞いていてそれが如何なるものか知らなかった桂岳の二十年代の作品の何点かを眼に収めることが出来たのであった。

私たちはかなり忙しく汽車に乗ったり降りたりして、その地方特有の白っぽい砂地の上に秋の陽の散っている、何処となく海に近い感じの播磨《はりま》、備前の小さい駅々に降り立っては、ノートに書き込んである生前の桂岳の謂《い》わばパトロンであった旧家、素封家を一軒一軒経廻《へめぐ》ったのであった。スケジュールの関係で、ほんの一、二時間の予定しか取ってないところもあって、それでなくてさえせっかちな大貫卓彦と長い松林の道や築地《ついじ》の続いている町々などを半ば駈けるように歩いたものであったが、体が軽く汗ばむ程度の晩秋の、こうした旅には持ってこいの暑くなし寒くなしの気候であった。

私は作品を見ることがこの旅の主目的であったが、卓彦は、生前の父の有力な後援者の家々を御礼廻りしているといった恰好で、どの家でも一つや二つ若き日の桂岳の逸話なども聞かされ、時には箱書のない作品に新しく箱書を書かされたりしていた。父桂岳に似て負けず嫌いの気性が、眉の太い毬栗《いがぐり》頭の顔に現われている卓彦は、

「ちょっといけましょう」

などと言って、彼の言葉によれば〝巴里《パリ》でしたい放題のことをして艶名をとどろかせた男〟に似ない骨太の腕を捲《まく》りあげて、驚く程父桂岳に似た字を書いてみせたりした。

私はこの私と同年配の桂岳二代目と初対面の時から不思議によく気があって、短い期間のうちに、ざっくばらんな交友関係を作っていた。外国で放蕩もしつくして日本へ帰ってからは遊ぶのが莫迦《ばか》らしくなって、急に人物が変ったように見栄も外聞も構わなくなり、戦時下の荒れた日本を一人の異邦人として横目で睨《にら》んでいるといった風なところがあり、天才の二代目らしい人を喰った不敵なところと良家のお坊ちゃんとしての人のよさを彼は併せ持っていた。彼に会うまで私の耳に入っていた風評は、実際とは驚く程懸け離れていた。知名な画人の二代目としての誤解だけが彼を取り巻いているようであった。

彼は父から非凡な芸術的才能を受け継いでいたが、世間からは怠惰な無能者としての風

評を得ていたし、洒落《しゃれ》っ気も構えも薬にしたくもなかったが、彼は気障《きざ》な道楽者として噂されていた。尤《もっと》も父譲りの莫大な財産と豪壮な邸宅や別荘を受け継いでいたので、本業はまあ彫刻家と言うべきであったろうが、実際には何もしていなかったし、何もする必要もなかった。謂ってみれば、戦争に敗けて仕舞わないうちに親父の伝記を作り、豪華な遺作集でも造ることが、彼のさしずめ為《な》さなければならぬ仕事のようであった。

そうした大貫卓彦とのその五日間の旅に於て、私たちは全く思ってもいなかった一つの興味ある事実にぶつかったのであった。それはどこの家にも大抵一点ずつ、申し合せたように桂岳の偽作が所蔵されてあることであった。

初めて私たちが桂岳の偽作に出会ったのは、加古川の、当主の既に亡くなっているＭという素封家に於てであった。

手入れのよく行き届いた中庭に面した奥座敷で私たちは何本かの桂岳の作品を見せて貰ったが、その中の一本である箱書に「洛北秋景」とある小品の、茶掛け風の軸を展《ひろ》げて行った瞬間、私には直ぐそれと判ったが、横から覗《のぞ》き込んでいた卓彦の視線も直ぐ私の方に来て、思わずぶつかった二人の眼はそこでちょっと絡《から》み合った。

「どう？　こりゃあ」

と、彼の眼は言っていた。私の方は全くこれと同じ作品で京都の或る所蔵家が持っているものを知っていたのであるが、彼はそうした事とは全く別に画面に画品というものがなかったことからぴんと来たらしく、彼は後でその時のことを私にそう説明した。ともかく明らかにそれは展観目録か何かの写真を見て、桂岳の作品を模して描いたものであった。私たちはその場で念のために桂岳の印譜を開いてそれを検べたが、石の印の「滴心亭」も明らかに模造の木の印を使用しているらしく、一見上手く似せてはあったが、較べてみると二つの間にははっきりと相違があった。それに使用してある印肉も違っていたし、ちゃんと箱書までしてあったがこれも勿論偽筆であった。

訊《き》いてみると、亡くなった当主が現在はどうしているか知らないが、その当時一時加古川に住んで古いものを持ち歩いていた原芳泉という桂岳の友人である日本画家から手に入れたもので未亡人もその男に面識があるということであった。すると、それを聞いた卓彦は、

「原芳泉ですか、その男は私も知っていますよ。いつだったか、とにかく小さい時に二、三回会った記憶をもっています。確かに親父の友達で家へ出入りしていた男ですが、その後親父の偽作をして親父から出入りを止められたとかいうことを耳にしたことがありますが、やはり本当だったんですな」

と言った。

この加古川のM家の場合を皮切りに、私たちはそれから連日のように原芳泉画く桂岳を行く先々で見せつけられた。

「これも原桂岳だね」

「なかなか上手いじゃないか、これなど本物そこのけだ」

私たちはそんな会話を交して、所蔵者には気の毒であったが、それが偽物であることをその度に告げた。中には一見して直ぐそれと判る偽作もあったが、時には驚く程精巧に似せて描かれている作品もあった。偽物である以上、画品、画格の上で明らかに本物の桂岳の作品とは鑑別できるわけであったが、それ以外でも仔細に検討すると、どこかにやはり大きい手落ちがあった。

桂岳は中期以後絶対に岩石の肌の草や苔などの描写に当って、白緑の点描を使わなかったが、そうしたところに一目でそれと指摘できる誤謬《ごびゅう》があったり、又桂岳が好んで描く夏富士の白雪の下部の群青の特殊な使い方に、明らかに偽物を証拠立てる拙劣さが見受けられたりした。必ず偽物は偽物としての本性をどこかに暴露しているのであった。

私たちの見た偽作はその全部がその入手経路からして原芳泉の筆になったものであった。大体この原という人物は余程器用な男だったらしく、作品は勿論のこと、落款、印、それから箱書まで自分自身で受け持っていると思われる場合が大部分で、私たちがこの旅で十何点か見た偽作の中で僅か二点だけが、田舎のいんちき画商と組んでやった仕事かと思われた。

と言うのは、大貫桂岳と親交を持っているということが、いつも買手に対して使っている彼の切札で、それに依って相手を信用させ、その上で桂岳から貰ったものだとか廉《やす》く買ったものだとか言って、偽物を売り附けている場合が多かった。又中には桂岳に揮毫《きごう》を依頼してやると言って、適当な期間をおいて相手に作品を持ち込んでいる場合もあった。

正体の判らぬいんちき画商が中に立ったものは、前述の如く僅か二点であるが、それにしても芳泉が一時期悪辣《あくらつ》な画商と組んで偽作の仕事もしたことはこれに依って明らかで、同じいんちき仕事でもこうなると悪質だった。

私たちはその旅で、この偽作家原芳泉を、原桂岳とか、原のおっさんとか呼んだものである。私たちは十何点かの彼のものする偽作にお目にかかり、所蔵者たちの話から芳泉についての断片的な知識を得たが、それらはみな四十代と五十代の芳泉に関するもので、彼が無名の町絵師としてこの地方を転々として居を変えていた時代のことであって、果して若き日の桂岳と如何なる程度友達づきあいをしていたかは、卓彦が持っているうろ覚えの記憶から推測する以外仕方がなかった。

原芳泉から偽物を摑まされた被害者たちの話を綜合してみると、相生に三年、飾磨に二年、和気に四年というように、彼は私たちが訪ねた内海沿いの小都市にそれぞれある期間住んで居たが、しかし五年と長くは一ヵ所に落ち着いてはいなかったようである。思うに偽物を売り歩くくらいの男であるから、二、三年経つと結局は何かの事件で一つの町を食いつめて居たたまらぬようなことになり、他に転ずるの已むなきに至ったものと思われる。しかし常に近接する小都市を転々としていて、遠く離れることのなかったのは、桂岳愛好家の多いこの地方を棄てては生活が成り立たなかったためであろうか。

　芳泉は、和気のある酒造会社の社長をしていたＳという人物以外に、彼の妻を紹介していない。どういうものかこの人物の家にだけは芳泉は小柄だが美人の細君を連れて何回も訪れて居り、Ｓ家の先代には驚く程の信用を博していたという話であった。

「芳泉は自分で絵を描くというより画商のようなことをしていたのではないかと思うんです。子供の時だからよく覚えていませんが、親父がよく東京の画家に絵を依頼する時など、芳泉に頼んでいたようでした。家にあるものの大部分は芳泉の世話ではないですかな」

　と、そこの、絵には余り関心を持っていそうにない大学時代有名なラグビーの選手だったという四十年配の今の主人は語った。

「何をやっても器用な男だったと思うんです。篆刻《てんこく》などもやっていましたからね。家に確か芳泉の彫ったものがある筈です」

それからそれを探してくれたが、何処に入って仕舞ったものか見附からなかった。

私たちは、芳泉の世話でこの家の先代が手に入れたという東京の知名な画人たちの作品の何点かを見せて貰ったが、この方はいずれも正真正銘な本物で、中にはよくこんな田舎へ手離したと思われるような、小品だが一寸《ちょっと》珍しい程の力作もあった。この事から推して考えると、芳泉は一面では東京の画人間には相当の信用を博していたものと思われる。

「要するに芳泉は桂岳専門なんだね。しかも慎重に立ち廻って、一軒の家へ二本とは売り附けるようなことはしていないな」

と卓彦は言ったが、実際にその通りであった。なかなか抜目のない利口な男だったかと思われる。

私たちの調べたところでは、どういうわけか芳泉は加古川にだけ前後二回に亙って住んでおり、二回目の時は五十代も半ばを越していたらしく、昭和二、三年の、その二度目の加古川住まいを最後にして、彼はこの地方から姿を消しているようであった。姿を消しているというより、要するに彼はこの頃からこの地方の美術愛好家の所へ姿を見せなくなっているのである。

この旅の最後の五日目は、私たちは西大寺から引き返して、姫路の海岸近くの小さい名の知れている旅館に宿を取った。少し落ち着いて新しい魚でも喰べて五日間の旅の疲れを癒《いや》そうという二人の心組みであったのである。ところが、不思議なことに、その旅館の私たちの通された座敷の床に偶然にも私たちは芳泉の描く山水を発見したのであった。落款にははっきりと読める楷書《かいしょ》に近い書体で「芳泉」と書かれて「寒古亭」と「芳泉」という印が二つ捺《お》されてあった。

私たちは旅の疲れもあったためか、この芳泉の作品との奇妙な邂逅《かいこう》が無性に可笑《おか》しく感じられた。

「いやに芳泉画伯と縁があるね」

と卓彦は言った。

「こんどは覆面を取ったじゃあないか。まさかこれは自分の偽物ではあるまい」

そんな無駄口をたたきながら、二人ともその座敷に通されたばかりの立ったままの姿で、床の軸に見入ったものであった。実際に、私たちは芳泉描く偽桂岳には何点かお目にかかっていたが、芳泉がちゃんと自分の名を署名した彼自身の作品を見るのはこれが初めてであった。

「満更悪くもないじゃあないか」

ちょっと意外だといった顔をして、

「文展無鑑査ぐらいには行くな」

と卓彦は言った。実のところよくそこらの宿屋の床の間に発見する誰が描いたか判らないとんでもない作品の類とは、少なくともそれは異なっていた。題材はありふれたもので、霧に包まれている高山の一角を南画風に描いたものであったが、芳泉と自分の名を署名するだけあって精密に描き込んであって、見ていると妙に心に滲み込んで来るものがあった。

「変な精神があるな」

とその時卓彦は言ったが、確かに画面には変な精神と言えるようなものがあった。桂岳の何点かの名作を見て来た眼には勿論それが佳品として映ろう筈はなかったが、妙に貧寒孤独な精神が、これはこれで作品をきびしくしていた。それから暫《しばら》くしてから、

「なるほどね、寒古亭か」

と感に堪えぬように言って、卓彦はもう一度画面を覗き込み、それから縁側の籐椅子の方へ行ったが、その寒古亭と言う言葉の響が、それを聞いた私の心にも、その時妙に作品の持つものとぴったりした感じで冷たく伝わって来たものであった。

その晩、私たちは何本かの銚子をあけて旅の最後の夜を過した。そして一週間がかりで調べた桂岳の初期の名作の話より、話はとかく原芳泉のことで弾み勝ちだった。

曲りなりにも、これだけの絵を描くのだから、芳泉は満更才能を持っていないわけではないというのが二人の到達した結論であった。

「莫迦な奴だな。親父の偽作なんてつまらないことをしていないで、自分の作品を描けばいいじゃないか！」

卓彦は横眼で床の軸に眼を遣りながら、浴衣の腕をまくり上げて、盃を口に運んだ。

「偽作の方が売れたんだろう」

「そりゃそうだ。寒古亭より滴心亭の方が売れたんだ」

「一体どんな男なんだろう。覚えていない？」

私はこの偽作者に多少の好奇心を感じたので、如何なる風采《ふうさい》の人物かを知りたかった。

「全然覚えていないんだ。小さい時のことだし、それに玄関かどこかでちらっと見ただけだからね。尤も一回は、そうだね、親父が四十ぐらいの時の事かな、僕が七、八つぐらいだったろうから。――」

と、卓彦は彼の記憶の中で、一番深く印象に残っている時のことを語った。

場所もどこか全然はっきりと記憶していないが、何でも展覧会場のようなところらしく、そこの床の上に、原芳泉が土下座でもしているように坐って頭を垂れており、その前に桂岳が立ちはだかって、

「顔を上げて俺の眼を見ろ」

何でもそんなことを呶鳴《どな》っていたのを卓彦は微かに記憶しているということであった。

桂岳はひどくいきり立って同じようなことを繰り返し呶鳴っていたが、芳泉は何と言われても顔を上げず、その時の芳泉がどんな風采容貌をしていたか全然印象に残っていないが、子供心に、彼はひどくその人物を哀れに感じたということであった。

「偽作でも見附かって、親父はあの気性だから人前を憚《はばか》らずかあっとなっていたんだと思うね。家ではなかったから、百貨店か美術館かあるいは寺かどこかの親父の展観場で、親父にとっつかまえられたのかも知れない。大方そんなことだったと思うね。その時も親父は金ぐらいやっていたかも知れない。こうなると浪花節的な美談になっちまうが」

卓彦は笑ったが、実際に桂岳が芳泉に金を恵んでやったことは一回や二回ではないらしいということだった。桂岳や母親の口からそういうことを何かの時聞いた記憶もあるし、他の二回の芳泉らしい人物と会った時の微かな記憶を思い出すと、どうも芳泉は桂岳に金を借りに来たのか、呼びつけられて叱責されたのか、とにかく、そんな場合の頭の上らぬ帰り方を、ちらっと垣間見たその場の感じから受けたということであった。

「恐らくその土下座して顔を上げられなかった時が、芳泉が父の前に出た最後ではなかったかな。僕が中学時代になってからは芳泉が親父を訪ねて来たという話は耳にしなかったし、親父が昔の友達に悪い奴がいてねといった風に、非常に回顧的な言い方をしていたからね」

と卓彦は語った。

その晩私たちは原芳泉の絵の前で遅くまで酒を飲み、その絵の前で二つ床を並べて眠った。

私が二回目に原芳泉の名を耳にしたのは、終戦の二十年の春であるから、大貫卓彦と瀬戸内海沿いの町々を旅してから一年半程経った時である。その一年半程の間に、戦争の様相は一変し、国内は人の生活も心もそして自然さえも見違える程ざらざらに荒廃していた。私は母親と軀《からだ》の弱い妻と二人の幼児を勤め先の新聞社の同僚の知人の世話で、中国山脈の尾根近いところにある山村に疎開させたのであった。岡山、鳥取、広島三県の県境に近い場所で、僅かなところで鳥取県へ入っているといった文字通りの山間僻陬《へきすう》の地であった。戦争がたとえどんな結果になっても、此処だけには太古からの変らぬ明け暮れが静かに続くであろうと思われるようなそんな場所であった。

私が初めてそこへ家族を疎開させる下見に出掛けて行ったのは三月の終りで、尾上仙三という人物が、私の社の同僚の知人で、私がその土地で頼みとしている唯一人の縁故であった。

伯備線の山巓《さんてん》の駅からそこへ行くまでの二里の道は流石《さすが》に人一人が漸く通れるような険

しい山道で、途中で小さな峠を二つ越さなければならなかったが、部落へ入ってみると、これが山の背かと思われる程平坦で眺望は四方にのびのびと展《ひら》けていた。陽の光も風の匂もまるで下界とは違っており、その広い平坦な土地に五十戸程の家がばら撒《ま》かれ、部落全体が、陰影のない少し空虚とさえ感じられる明るさで充たされていた。光が降るという感じを私はこの高原に来て初めて知ったのであった。そして平地のまん中を、上流も下流も見分けのつかぬ河幅五間程の浅い川が、それでも北の方へ向って流れていた。

　私は野良着のままの尾上仙三の案内で、村で貸してもいいという青年集会場――と言っても普通の農家と殆ど変らぬ家の建方であったが――を見せて貰い、直ぐそこに疎開することを決定した。そしてその夜は尾上家の厄介になった。部落の全戸が他処《よそ》ではちょっと見られぬ大百姓でどの家にも牛が二頭か三頭飼われていて、家の造りも大まかな古風な感じだった。中でも尾上家は村で一番古い家柄だとかで、他家に較べて家の構えも一廻り大きく、檜の一枚板をそのまま納戸との境の戸にしてある座敷に私は寝かされた。

　そしてその座敷の、それだけが奇妙に小さい半間の床に、その時私が見出したものが、大貫桂岳の牡丹《ぼたん》の花の下でこちらを振り向いている狐の絵であった。私はおやと思った。いかに裕福とは言えこの山間の農家の床に置かれるに相応《ふさわ》しいものではなかったからである。

「結構なものがありますね」

と、私は絵などには根っから無縁そうなその家の五十年配の主人に言った。

「何ですか、わしどもの手などにはなかなか入らないものだそうでして――」

と尾上仙三は理由のわからぬ含羞《はにかみ》を陽焼けした黒い見るからに朴訥《ぼくとつ》そうな顔に見せていたが、

「実はこれを描いた桂岳という人と無二の親友だという人が、この村に居りまして」

と言った。

「何という人です？」

と私が訊くと、

「原芳泉と言って、これも絵描きですが、先生、昭和十五年でしたかに亡くなりました。もともとこの土地の人でしたが晩年はここに帰っていました」

後は説明をきかないでも、私には判った。ただ、原芳泉がこの土地の出だということは私には意外だった。そして彼が既に故人になっていると聞いて、全く未知の人物ではあったが、その時私はほんの僅かながらある種の感慨を覚えた。桂岳に後れること一年にして、偽作家原芳泉も他界しているのであった。

その夜私は京都の大貫卓彦に偽作家原芳泉は既に故人になっており、彼の郷里へ自分たち家族は疎開することになりそうである。不思議な縁であるということを、恐らく桂岳の遺した厖大《ぼうだい》な美術品の疎開に日夜神経を使っているであろうと思われる彼の許へ書き送ってやった。

私が家族を連れて本格的にその部落へ疎開したのはそれから一ヵ月程してからで、あけびの濃紫《こむらさき》の花が、四人の無力な家族たちがこれから住もうという青年集会場の裏手の藪《やぶ》に咲いていた。四月の終りだが、まだ気温は低く、家の前の小川へ手を入れると、水は冬の冷たさであった。

私はその時は家族を一応落ち着かせると五日程で大阪へ帰って行ったが、その間に一度村長をしているこの村では尾上家と並んで一番の旧家だという家へ挨拶に行ったことがあった。そしてこの村で二度目の原芳泉の描いた桂岳の偽作をその家の座敷で見出したのであった。これは尺八の花鳥で偽作とはいえ見たところ堂々たるものであった。

私は尾上家でも村長の家でも、勿論その作品の秘密については語らなかった。桂岳の作品と思い込んでいる人々に、国の存亡さえ判らぬ時要らぬお節介をやく気持は毛頭持っていなかった。原芳泉描く偽物の桂岳は、恐らくこの山脈の尾根の村から他郷へは永久に出ることはなく、何百年もあるいは何千年も大貫桂岳の名さえ知らぬ人々の手に依って伝わって行くであろうと思った。国がどうなっても、恐らくこの事実は変らないであろうと思った。そしてその思いを持った瞬間だけのことであったが、私はそこにふと悠久なものを感じた。家族をこの時代にこの見知らぬ土地の未知の人情慣習の中へ託して行く感傷が、私に偽物に対する感情を、一年半前とはまるで異質のものにしているようであった。

　それから終戦の八月までに、私は三回この村に家族の見回りに来ている。確か三回目の時であったと思うが、私はやはり同じ社の同僚のために、この村にあるもう一軒の空家を、そこを管理している農家の腰の曲った老婆の案内で見に行ったことがあった。その家は部落の南部にゆるやかに起伏している低い丘陵の斜面にあり、この村では一番高処《たかみ》の家だと言うことで、そこ一軒だけが聚落《しゅうらく》より飛び離れていた。そこが、その時案内してくれた老婆の口から知ったのであるが、意外にも原芳泉の住んでいた家なのであった。芳泉が亡くなってから五年近くなるのに、その家は空家のままで放置されてあった。

　家は足を踏み入れるのも躊躇《ちゅうちょ》される程ひどく荒れ痛んでいた。もともと芳泉の家ではなかったが、芳泉が満洲事変の起った年この村へ帰って来て、これを二束三文で買い取ったということであった。大体芳泉自身は、この村と言っても、一里程隔たっている小さい部落の出で、家の跡を継いでいる兄と折り合いが悪いらしく、芳泉は郷里へ帰った時、そんな関係で自分の育った部落へは帰らず、この家を手に入れてここに住むようになったのであるという。

「家族はどうしているんです」

と私は、芳泉の歿後この家が空家になっていることを不審に感じて老婆に訊いてみた。

「内儀《かみ》さんですか。逃げちゃいましたよ」

と、なんでもないことのように老婆は言った。

「逃げたって⁉」

「大方、嫌になったんでしょう。原のおっさんとこの家に三年も一緒にいましたが、そのうちに祭りで生山の実家へ行って、そのまま戻って来ないんです」

芳泉も迎えに行ったし、近所の者も心配して中に立ってくれたが、到頭戻って来ないということであった。もともと芳泉はどういう理由からか戸籍の上で先方の原家へ養子に行った形になっていたので、芳泉が籍を抜かない限りは、正式には離婚できないわけで、戸籍の上でどうのこうのということはないらしかったが、とにかく、二人はそのまま別居して仕舞ったのであった。

「おっさんが死んだ時内儀さんは来ましたかな。とにかく葬式の時は来たかも知れませんが、それまでは一度も帰っては来ませんでした」

「幾つぐらいの人です」

「おっさんが死んだのが、六十七か八だったから、内儀さんの方はそれより十ぐらい若いとしても現在は六十を越していましょう。今生山で親戚の厄介になっていると聞いてます」と老婆は言った。

芳泉は晩年郷里へ帰り、自分の生れ故郷の村で死んではいるが、いかにも偽作家の成れの果てといった感じで、その晩年は老婆の話の中でも不幸の影は濃かった。

私は草履のまま荒廃した空家の中に入って、別段何ということなしに囲炉裏《いろり》の傍にある戸棚を開けてみた。内部には埃と蜘蛛《くも》の巣に塗《まみ》れてがらくた物がいっぱい詰っていた。私と一緒にそこへ首を突込んだ老婆は、中から何枚かの皿を摑み出して、まだ使えるにと言っていたが、

「これは花火を造る時、原のおっさんが使っていたものですよ」

と教えてくれた。そして彼女はそれの埃を払うと、帰りに持って行くつもりか上り框《がまち》の上に置いた。

「花火？」

と私は訊き直した。

「あの人は、ここで花火を造っていたんですよ」

そして、ほらみんな花火の道具ですと言って、戸棚の中からがらくたものを棒で掻き出すと、それらを破れ畳の上に落した。埃に混じって黒い炭の粉のようなものがあたりに舞

い上った。

「火薬があるというので、誰も掃除を嫌がっているんです」

そう言いながら彼女は平気で、棒で畳の上のがらくたものを掻き廻した。ゴム毬《まり》を半分にしたようなものが三、四個飛び出したが、なるほどそれには以前火薬でも入っていたのか、そのどれにも黄色の粉末が底の方に少し附着していた。花火の玉の張子と思われるもの、腹を割って中身の黒い粉末をはみ出さしている紙袋、得体の知れぬ丸薬状の物品、黒い粉末を煉り固めたらしい固形物、それから絵具皿、筆、箆《へら》、刷毛《はけ》、和紙の束、乳鉢――そんなものがそこには散乱していた。

原芳泉が花火を造っていたということは、私にはちょっと意外だった。土間へ降り立つと、土間は土間で足の踏場もない程、やはり戸棚の中に詰っていたと同じようながらくた物が籾殻《もみがら》と共に散乱していた。籾殻は打揚げの花火の玉に入れるために芳泉が使用していたものであると老婆は説明してくれた。

「ここんとこへ腰かけて、おっさんは花火を造っていたんです」

言われてみると、そこは土間の向うの、他処の農家では牛小屋になっている場所で、見るからに陰気な場所であった。木の台と、腰掛けにしていたと思われる木の切株とが、乱雑ながらくた物の中で僅かに昔仕事場であったことを示している。そして其処からだけ光の入って来る小さい窓の窓枠の上には、壊れかかった計量器が何本かの薬瓶と共に置かれ、鴨居《かもい》には何枚もの火防の護符が貼りつけられてあった。

私はこの家を掃除して人の住めるようにするのは容易なことではないので、友が疎開して住む家としては、既にこの家に足を一歩踏み入れた時から断念していた。

私は乱雑を極めている土間のまん中に立って、花火の製造場だったという物置場の薄暗い一角を暫くの間見詰めて立っていた。私は未知の故人である芳泉について、彼がいかなる容貌風姿を持っていたかは想像することは出来なかったが、何かその暗い場所に小さくうずくまっている不活潑な動物のようなものとして、原芳泉をその時初めて私の心に浮んで来た映像らしいものとして思い浮べていた。

あの木の切株の上に腰かけて、あの木の台に向って、あの計量器で黒や赤や黄の粉末を彼は弄《いじ》っていたのであろうか。彼の背後からは戸外の光線が縞状をなして斜めに差し込んでいる。その光線の縞の周囲の空気は暗く冷たく澱んでいる。確かにそれは偽作家原芳泉より、更にもっと救いのない暗く惨めなこの家に於ける芳泉の姿であった。

「ああ、何か嫌なものがある」

と私は思った。そしてこう思った瞬間、私はふといつか姫路の旅館で大貫卓彦と一緒にみた芳泉描く水墨画の、そこに漂っていた不思議な精神を思い出した。確かにあの水墨画の画面にこもっていたと同じものが、もっと汚く醜い形でこの不気味な空家にはいっぱい詰っているような気がした。

帰りがけに私たちは家の背戸の方へ廻ったが、その時老婆は、あれが原のおっさんの墓ですと教えてくれた。家の裏手は僅かな空地を置いて二間程の崖になっており、その崖っ縁近くに芳泉の墓石だという何の変哲もない普通の石が雑草に半ば埋って一個置かれてあった。その小さい墓石の向うは眺望が展けていた。遠く幾つかの山脈の尾根尾根がゆるやかな傾斜をなして波打っているのが眺められ、眼を近くに落すと部落の家々が一つ一つ木々の茂りを背負って、玩具のような小ささで平地のあちこちに置かれてあった。七月ではあったが夏の風景ではなかった。風景全体が水の底にでもあるように冷たく沈んで見えた。

私はその夜ひどく口下手な尾上仙三から、この村に於ける晩年の原芳泉についてやや詳しく話を聞いた。

それに依ると原芳泉と妻のあさは殆ど着のみ着の儘と言っていい恰好で、満洲事変の勃発した年の暮にこの村へ帰って来たということであった。荷物らしい荷物は一物も持っていなかったが、それでも幾何《いくばく》かの小金は持っていたらしく、丁度前住者が次々に肺病で死に絶えて空家になっていた高処の家（そう村では呼ばれていた）を、二束三文ではあったが、それにしても言い値で買って、直ぐ金を払ってそこに住んだ。

村長の家と尾上家、それに他部落の一、二軒の家が、芳泉から桂岳の軸だと称するものを売り附けられたのは彼等がこの村へ移って来てから間もなくであった。芳泉は絵師になると言って二十歳前に村を出て晩年までほんの一、二回しか帰っていなかったので、芳泉の人柄を詳しく知っている者は、村では殆どなかった。芳泉が京大阪で立派な絵師になっているという風評がずっと昔のことだが一度村に伝わったことがあり、そのために村人は、何かのきっかけで芳泉の話が出る度に、何となく村から出て町で出世している人物として彼のことを考えていた風であった。だから晩年彼が惨めな恰好で帰って来たことは村人たちには一寸意外だったわけである。芳泉は近年リューマチで右腕が痛み絵筆を取るような繊細な仕事が出来なくなり、貯金も費い果して仕舞ったので田舎へ帰って来たと村人には語っていたということである。

彼は村に落ち着くと、別に何の仕事もせず、時々米子、岡山、鳥取などへ軸物や骨董類を持って行ったり、又持ち帰ったりしていたから、結局は細々ながらも画商のような仕事をこの田舎に引っ込んでからも続けていたものと見える。

芳泉は村人にはさして悪い印象は与えず、別に他人の迷惑になるようなことは何一つせず、村人からは「芳泉さん、芳泉さん」と多少なりとも尊敬の念を混じえて呼ばれていたが、そのうちに次第に他処へ出掛けて行くことも少なくなり、彼が火薬を弄っているという風評が村に立つようになって、実際に線香花火などを造って、それを米子の玩具店へ出すようになってから、次第に村人はいつからともなく彼を「原のおっさん」と呼ぶようになったのであった。

勿論花火の製造と言っても、密造である。芳泉はこの村へ移り住んだ最初の頃からもう火薬は弄っていたようで、いつであったか一度、夜遅く、芳泉さんの家の真上に火の玉が飛んだと言って村人に騒がれたことがあったが、それは彼が揚げた花火の流星であることが後で判って、村人をひどく驚かせたことがあった。

この村へ移って三年目に、芳泉は火薬を爆発させて右手の指を三本失くした。その事件が起ってから、嫌なものを弄っているという嫌悪感も手伝って、急激に芳泉は村人の人気を落したようであった。が、芳泉の方は、この事件があってから、妙に太々しく居直ったようなところが出来て、それまではこそこそやっていた花火造りを、半ば大っぴらにやり出すようになった。

村人は余り芳泉の家へは近附かなかったが、何かの時たまに村人が芳泉の家を覗いてみると、彼は牛小屋を自分で仕事場に改造し、そこにいつも坐って、米子あたりの注文品らしいいろんな種類の玩具花火を造っていたそうである。

芳泉が指を失って半年程してから、妻のあさとの別居事件が起った。その時尾上仙三も見棄ててもおけず中に立って、生山のあさの実家へ行って、もう一度芳泉のところへ戻るように口をきいたが、あさは何としても、ただ嫌だ嫌だと言う一点張りで、近所の者も交替で二、三回生山へ出掛けて行ったがみんな無駄だった。そして仕舞いには、芳泉の方で、そんなに嫌なものならと自分の方からあさの復縁をあきらめて仕舞ったということであった。村人もあさのそうした謂わば長年連れ添った夫から去って行く態度を、さして悪くは言わなかった。三本の指を喪っている芳泉の右手はひどく醜かったし、薄暗い仕事場で火薬を弄っている芳泉の姿は、そう思ってみると、女房にさえ嫌気をさされそうな陰気なものを持っていた。

勿論、密造だから大っぴらに出来なかったが、それでも花火を造り出してから、芳泉は多少金廻りもよくなったらしく、村の道普請の寄附とか、近所への祝儀香奠《こうでん》などは、幾分張りすぎると思われる額をちゃんと出していたようである。いつの事だったか、一度警察の手が廻り、近くの町の警察署まで引っ張られたことがあったが、どう申し開きをしたのか、罰金も納めた様子もなく、それからも芳泉は従来通りの仕事をぼそぼそと暗い仕事部屋で続けていた。

結局芳泉は昭和十五年に亡くなるまで十年近く村で孤独な生活を送ったわけである。しかし終りの三年程は、小金でも出来たためか、極く時たま、花火を造っているらしい彼の姿を見掛けたこともあったが、大抵は縁側に腰掛けたり、寝転んだりして、何もしないでぼんやりしていることが多かったようである。それでも夏など、近所の村の青年たちに頼まれると言いなりに何本でも花火を造って幾何かの謝礼を取っていた。そしてせがまれれば、自分の造った花火の玉を抱えて、それを打ち揚げに近隣の村の夏祭りなどに出掛け、この村より却《かえ》って他村の者に、原のおっさん、原のおっさんと親しまれていたそうである。

芳泉の死に方はひどく呆気《あっけ》なかった。長く降り続いた雨が明けた日の朝、一丁程離れた隣家の者が、原のおっさんの姿を二、三日見掛けないので不思議に思って訪ねて行ってみると、彼は土間に俯して倒れていた。触ってみると、死後何時間か経っている冷たさと死体の硬直状態であった。原芳泉の死因は脳溢血であった。

芳泉の死について面白いことは、彼が死の直前、絵筆を取ろうとしたことである。と言うのは、納戸《なんど》には毛布が二枚に折られて敷かれ、その上に何枚かの絵具皿が整頓して並べられ、その横の硯箱《すずりばこ》の蓋の上には絵筆が五本これもきちんと首を揃えて置かれてあった。そして毛布のまん中には一枚の白い何も描かれてない真新しい紙がこれもきちんと展げられてあったそうである。

彼は絵筆を取るばかりにして、何かの用事を思い立って、土間へ降り立ち、そのまま其処で倒れて仕舞ったものと思われる。

「晩年芳泉さんは絵を描いていたんでしょうか」

と私が尾上仙三に訊くと、

「絵なんか描いていなかったでしょうな。しかし根が絵描きだから、死ぬ時虫の報《しら》せでもあってそんな気になったんでしょう。絵を描くと言っても指が三本ないんですから、ろくなものを描けやしないでしょう」

と彼は言った。偽作家の最後ではあるが、この話には一寸打たれるものがあった。一筆もおろしてない画紙が拡げられてあったというが、私には何故か、芳泉はその時絵を本当に描くつもりではなかったのではないかという気がした。ふと、そうした絵を描く色々な材料の中へ彼は身を置いてみたかったのではあるまいか、そんな風に私には思われた。私が芳泉の話を聞き終って尾上家を引き上げようとした時、尾上仙三は、その時ふと思い出したように、

「あなたの家の納戸の戸棚の中に、確か原のおっさんの書いたものがありますよ。花火のことを書いたものだと思うんです。あの人の葬式の時、そんなものを見附けて、何か又役に立つかも知れないというので、青年たちが集会場へ保管した筈です」

と言った。私たちが借りて住んでいる家の納戸の戸棚の一つだけは、借りる時の約束で、

青年集会場当時のまま手を附けないでそのままになっていた。そこには何か知らないが村の青年たちの共同の持物が入っている筈であった。

私は帰宅すると、その戸棚を開けてみた。祭りの寄附帳とか青年大会の記録とか演説の草稿とか、そんな反古類が詰め込まれてあったが、その中に、なるほど表紙に「煙花調製法大意」と達者に筆で認められた半紙を合せて綴じた一冊の帳面が出て来た。表題はいかめしいが原芳泉が自分で書いた花火製造の覚書のようなものであるらしかった。一頁を開けてみると、「霧咲紅霧降雪」製法と題が書かれ、

ホシを作るには初め紅のシンを造り、乾きたる後、菊粉に粘土を入れ、水にてよく煉り、柔かにし、これにマグネシヤを一分五厘ぐらゐに切り混ぜて鉢に入れ、これにシンを入れてよく摩《す》るべし。等分につけたる後、菊百匁に対する種子十匁を入れたる粉末を少しかけ、よく転がし円くする。かくすること数回、これを四寸又は五寸に用ふるくらゐになりたる時は、火取粉を附し仕込むべし。但し一面ごとに充分に日光に乾かすべし。シンは四寸五分五厘、六寸三分を用ふべし。

そういった甚だ明快ならざる文章が三頁に亙って書かれ、それに続いて紅の配合、菊の配合の項があって、それぞれの火薬の分量が朱筆で認められてあった。そしてそれに続いて「昇分玉」製法、「直入割口」製法、「木葉附」製法等の項が続いていた。勿論これは芳

泉自身の覚書らしく、花火に知識を持たない私には全然理解できないものであった。そしてその綴込みの中に何か一枚の半紙が挟まれていたので開けてみると、それは芳泉自身の履歴書であった。この履歴書は、私には全く別の意味で興味があった。と言うのは〝明治七年十月三日生　原泉二郎（号芳泉）〟と最初に書いてあるので、芳泉自身の履歴に相違ないが、「大正五年東京霰屋花火店、大正七年横須賀鈴木煙花店、大正十年東洋火工工場主任、大正十一年大阪堺煙花店、大正十三年大阪丸玉屋火工工場主任」といった調子で、どうしても虚偽としか思われぬ履歴が細々と列記されてあった。そして「右之通り相違之無く候也」と最後に麗々しく書き附けられてあった。

　芳泉がこれを如何なる時、如何なる場所に提出しようとしたか判らないが、大正時代と言えば、彼が兵庫岡山両県下の小都市を転々として、桂岳の偽作を売り捌《さば》いていた当時で、これが全然虚構な彼の履歴であることは明らかであった。偽作者としても、町絵師としても喰いつめた時、彼はどこか田舎の町の煙花工場の主任技師にでもなろうとしたのかも知れない。又更に想像を逞しくすれば、一度警察に出頭を命ぜられたことがあったというが、その時でも、この偽の履歴でまんまと警察を煙に捲いて急場を繕ったものかも知れなかった。

　いずれにせよ、これが原芳泉なる人物の性格の本質的なある部分をはっきりと露呈しているものであることには間違いなかった。

「御存じないでしょうが、冬の火薬弄りというものは嫌なものでして。――硝石という薬が冷やあっと何とも言えなく冷たいんです」

その当時の手の荒れでも思い出しているように、そう言って芳泉未亡人が、自分の右の掌をちょっと手鏡にしてそれに視線を当てて、私にこう語ったのは、終戦の年の十一月の終りであった。

戦争は終ってもまだ都会の生活が戦後の大きい不安と混乱に包まれており、集団強盗の記事が毎日の新聞を賑わわしていた頃だったので、私は家族たちを疎開地にそのまま留めておいて、ともかくそこでその年を越させるつもりだったが、そこは他処より一ヵ月も早い季節の移り方で、九月の終りから蕭条落莫《しょうじょうらくばく》たる野分が日に何回となく、山脈の斜面を吹き上げて来て、凄まじい風道を作って美作《みまさか》から伯耆《ほうき》へと吹き抜けて行き、十月に入ると山岳地方特有の、日に何回となく通って行く時雨が冬の最初の前触れとしてやって来た。

その頃になると妻は急に見知らぬ土地で雪に埋もれたひと冬を過すことに恐怖を感じて来たらしく、この疎開地を一日も早く引き上げたいと、十月の初めにそこを訪ねて行った私に突然その話を切り出した。老母と二人の子供を抱えて、何の煖房設備もなくここで冬を越す自信はない、子供が肺炎になっても医者はありませんよと、大阪へ戻ってからは妻からの音信は、来る手紙も来る手紙も執拗な疎開地引上げの慫慂《しょうよう》であった。

私が家族を引き上げさせるために、その鳥取県の山間の部落に、やや長期に社の休暇を取って出掛けたのは、十一月の中頃で、荷物の運搬とか発送とかに種々雑多な支障が続出し、それでもどうにか荷物の運送の目鼻もついて、家族を連れ出す最後の段取りまで漕ぎつけたのは、十一月ももう幾日も残っていない頃であった。

その日、荷物を山陰線廻りで発送するために、名前だけ聞いていてまだ行ったことのない生山の駅へ私は午後から出掛けて行った。その隣駅の、私がいつも乗降している山巓の駅から発送すれば、駅長も知っていたし大して難渋しないで済んだ筈だったが、家から駅までの運搬が途中の二つの峠のために遮られていた。

生山駅での荷物に関する交渉は、思ったより簡単に済んで、駅員の話では夕方まで待てばここから私たちの住んでいる部落までトラックの便があるということだったので、私は二里近い山道をもう一度歩くのも大儀だと思ったので、そのトラックに便乗させて貰うことにした。

そしてそれまでの二時間をどうして潰そうかと思った時、ふと、原芳泉の未亡人が、ここで兄の世話になっているということを聞いていたのを憶い出したのであった。特に芳泉未亡人を訪ねなければならぬ理由は、考えてみると、何一つ私にはないわけだったが、あるいはどんな事で芳泉その人に関すると言うより、いつかは伝記を書かなければならぬ大貫桂岳に関する逸話でも聞けないものでもないと思ったから、半ば時間潰しのつもりで彼女を訪ねる気持になったのであった。

原芳泉の細君のことは、駅前の雑貨屋で訊くと直ぐ判った。あさ女は二、三年前までは小さい駄菓子屋を駅前でやっていたが、戦争が烈しくなると売るものもないのでその店を畳んで、現在は何もしないで彼女の兄である木材工場か何かを持っている人の家に厄介になっていると言うことだった。あまり裕福とは思われぬしかし構えはなかなか立派なその家の縁側で、私はあさ女と会った。

彼女が現在兄の家に厄介になっていて、幸福であるか不幸であるか勿論窺《うかが》い知ることは出来ないが、彼女は小綺麗な身なりをして、狭い縁側で、午後の遅い陽に当りながら吊し柿にするらしい柿を庖丁で剥いていた。いつか、和気の酒造会社の主人が、小柄で美人だったと言ったが、成る程若い時は美人であったと思われるどこか水商売の女にでも見受ける言葉遣いも物腰も六十年配にしてはきびきびした粋なところのまだ残っている女であった。しかし横顔を見せた時、耳朶《みみたぶ》は薄く、それがひどく貧しい感じでやはりどこかに薄倖の相があった。私は、芳泉が画家として正当《まとも》でない一生を送っているので、彼女は芳泉のことを語るのを嫌がるかと思ったが、一向にそんな気配は見せなかった。

「桂岳先生とはあの人は若い時お交際《つきあい》していたようですが、わたしが一緒になってからは、時には京都へ出た時百万遍のお宅を訪ねたことがあったかも知れませんが、まあお交際と言えるような関係はありませんでした。何しろあの方の偽物を描いたりした大それた時代もあったものですから、桂岳先生には顔向け出来なかったわけです」

　驚く程彼女は芳泉を突き放していた。彼女が長年連れ添った男の為したどんな悪い事も、もうすべて過ぎ去った時の事として、一切そのことには囚われていない風であった。

「わたしはあの人と昭和十年に別れましたが、それから死ぬまでの間に、一度だけあの人がわたしを訪ねて来たことがありました。それは桂岳先生が亡くなったことが新聞に出た日でした」

　その日芳泉はあさ女を訪ねると、自分は桂岳の霊前に顔向けは出来ないから、お前が代って、桂岳の葬式に行って焼香して来てくれと言ったということである。随分桂岳に迷惑をかけたのでその謝罪という気持ではなく、昔の友達が亡くなった淋しさが芳泉にそんな考えを抱かせたのではないかと、その時自分には思われたとあさ女は語った。

「この山へ入ってからは、何と言っても、あの人の気持は折れていたと思うんです。それまでは何の恨みもないのに、桂岳先生をあの人は恨んでいました。自分だって描こうと思えばあのくらいの絵は描けるんだ、若い時は自分の方が上手かったし、才能もあった。そんなしょうもない事を酒を飲むと言っていたものですが、山へ入ってからいつとはなしに桂岳はやっぱり豪《えら》い、たいしたものだと時々口に出していました」

そうあさ女は語った。あさ女はその時京都の桂岳の葬式には行かなかったそうだが、それはともかくとして、桂岳の死の新聞記事を読んだ日、自分を棄てた妻を訪ねて、私が今日歩いて来たあの曲りくねった尾根沿いの間道を通ってこの部落まで来た芳泉の姿が、その時私の眼に、山脈の斜面を埋める見事な熊笹の原と、そこを渡る晩秋の風と一緒に妙に澄んだ小さいものとして浮んで来た。しかし後で考えてみると、桂岳の亡くなったのは三月の節句の日であるから、この山間はまだ一面雪に覆われている時期で、芳泉は藁沓《わらぐつ》でも履いてひどく難渋しながら雪の山道を通ってここへ辿り着いたかも知れなかった。

いずれにせよ、晩年の芳泉にそうした日があったことは、私が何となく心に抱いていた芳泉という人物の押しなべて暗い一色の色調の中に、突然微かながら一条の白い光でも射し込まれて来たような思いであった。

私は桂岳に関する話が途切れると、少しぶしつけだと思ったが、彼女が芳泉とどうして別れる気になったかを、それとなく訊いてみた。

その時彼女は、御存じないでしょうが、冬の火薬弄りというものは嫌なものでして、と語り出したのである。

芳泉が山へ入って火薬を弄り始めてから彼女は、そうした仕事をしている芳泉から急に離れたくなったのであった。自分も時々手伝わされたが、それもまあ生活のためと言えば生活のためで仕方がないようなものであったが、彼女はそうした仕事そのものより、そうした仕事をしている芳泉に嫌気がさして来たらしかった。

「あの人は桂岳先生の偽作を描き始めた時も、わたしに匿《かく》れてこそこそやっていました。終いには大っぴらになりましたが、初めのうちは流石《さすが》にわたしに判るのが恥かしいらしく、なるべくわたしに知られないようにこそこそやっていたものです。火薬を弄り始めた時もやはりそうでした。この方は別に何も悪事をするのではないので、尤も素人の火薬弄りは御法度ですが、それにしてもわたしにまで気兼ねすることはないわけで、堂々とやればいいのですのに、わたしの居ない時とか、わたしが寝てしまってから、一人で縁側の端などへ出てこっそりと乳鉢を廻したりしていたものです。そんなことから、わたしは火薬というものが嫌いになったのでしょうか」

そう彼女は語った。

そもそも芳泉の火薬弄りの動機というのは、相生の骨董屋の主人に花火造りの好きな人があって、その人と往き来しているうちに、花火を造ることに興味を覚えたらしく、あさ女が気が附いた時は、芳泉はこっそりと何種類かの薬品を十匁ぐらいずつ紙に包んで、それを燃やして火色を見るようなことをやり始めていたのであった。

「花火の一体どこが面白かったのでしょう」

「それが――」

とあさ女は、少し考え込む風にしていたが、

「あの人のは可笑しいんです。どこから考えついたのか知りませんが、花火で濃い桔梗《ききょう》色を出そうとそれに夢中になっていたようです。花緑青《はなろくしょう》と塩酸カリとクンロクというものを混ぜると、大体そんな色が出るんですが、どうしても少し薄くて本物の桔梗色とは違うんです。それをどうにかして濃い桔梗色を出して、菊でも打ち揚げようと思っていたらしいんです」

芳泉が指を三本喪ったことは、流星を造っている時過って爆薬の仕組んである方へ錐《きり》を差し込んで発火させたためで、それが傍の爆薬に引火して大事になったのだが、あさ女はその事件そのものが嫌だったわけではなかったが、それが動機となってふと芳泉から離れようという気になったのであった。火薬をこそこそと弄り始めた時から、そんな芳泉に嫌気を覚えてそれがずっと続いていたのであるが、爆発事件が起るとそれがきっかけになって無性に彼から離れて仕舞いたくなったというのであった。

「その桔梗色というのは出たのですか」

私が訊いてみると、

「さあ、どうですか。わたしと一緒に居る時はどうも気に入らなかったようです」

と、あさ女は、その事には大して関心なさそうに言った。彼女は、芳泉のことを語っているうちに、やはりそうした芳泉という人物への愛情が多少蘇《よみがえ》って来たものか、淡々と冷たく突き放しているような態度を示しながらも、彼女は彼を決して心からは悪くは言っていなかった。

「結局、不仕合せな人だったんですね、あの人は。わたしはよくそう思うんです。わたしはあの人のために一生を棒に振ったようなものですが、しかし、あの人の方がわたしよりもっと不幸ではなかったかと思います。絵を描くのが三度の食事より好きなくせに、結局間違った道へ入り込んでろくな絵一枚描かないで終って仕舞うし、花火をやれば三本指を失くすし、桔梗色、桔梗色って一時期夢中になっていたが、それも出来はしなかったでしょう。別に悪人じゃあなかったが、不仕合せに生まれついていたんでしょう」

一時間以上私はあさ女の話を聞いた。聞いているうちに、私は芳泉という一人の人物をじいっと遠くに見詰めながら話しているような、どこかに芳泉という人物を包み取っているような、そんな彼女の話し方に惹かれた。原芳泉と一緒になってから三十年近く連れ添っている間に、彼女は彼女で他の女に見られない心の特殊な成長の仕方をしているようなところが私には見受けられた。

「和気の大きいお酒屋さんを知っていますか」

と、私は芳泉と彼女がそこに出入りしたという話を思い出してこう訊いてみた。

「さあ、知りませんね」

彼女は、全く知らないもののように即座に言った。そうした若い日の事に触れるのが嫌だったのかも知れない。あるいはそこの家へ出入りしたのは、彼女とは違う他の女であったかも知れないとその時そんな考えがふと来たので、私はそのままその話を打ち切って仕舞った。

私はお茶も一杯も貰わないで、未知の人からその人の私生活に立ち入った話を聞いた奇妙な訪問を打ち切ると、五時のトラックに遅れないようにその家を辞した。

私はこの日聞いた芳泉未亡人の話の中で、芳泉が桔梗色の菊を花火で打ち揚げようとしていたという話を一番興味深く聞いた。それを耳にした時はさほどでもなかったが、不思議にこの事は後々まで私の心に残り、思いがけない時、それがふと思い出されて来ることがあった。

私はこの晩年の芳泉が抱いた願望——と言っては言い過ぎなら、彼の抱いた夢を、疎開地を引き揚げて大阪の近郊に住むようになってからの事であるが、妻に何気なく洩らしたことがある。その時、それを耳にするや否や、妻は反射的に、

「嫌あね」

と言って顔をしかめて見せた。いかにも堪らないと言った顔附であった。

「何が嫌なの」

「だって、——よく言えないけど、何故か嫌な気がするの。桔梗色の火がぱあっと暗い空に開くんでしょう」

その時私はなぜか触るべからざるものに触れたような思いに打たれ、話し出そうとした芳泉の話を周章《あわ》ててそれで打ち切って仕舞った。これは何の意味もないこれだけの事だが、この時の妻の態度は、全く思い掛けない一つの発見として私の心に強く残った。妻の気持は私には解るようでもあり、しかし仔細に考えるとやはり解らぬ不可解なものであった。芳泉未亡人が芳泉から離れて行ったのも、あるいは妻が堪らなく嫌だと感じたと同じようなものを芳泉の中に見出したのかも知れないと思った。何十年かの偽作生活にとにかく一緒になってついて行けたのに、花火を弄り出した芳泉には、女性というものがついて行けない生理的嫌悪にでも根差す私などの解らぬ何ものかがあったのかも知れない。

芳泉の火薬弄りは、何処かに、火薬そのものが持っているそれと同じような暗い冷たい

ものが、私にもまた感じられた。しかし私の妻とそれから芳泉未亡人が感じたかも知れぬようには、私には感じられなかった。一人の偽作家がその成れの果てに持たずにはいられなかったようなものとして、私には瞬間夜空に開く桔梗色の何枚かの花弁がむしろある哀しい美しさで眼に映った。

しかし、やはりその芳泉の夢は決して夜空に開きはしなかったであろうと思う。それを故人に訊いて確める術《すべ》はないが、決して開かない花弁の色であったからこそ、二人の女性の烈しい顰蹙《ひんしゅく》を買ったのではないか——そんな風に私には思われた。

その後芳泉のことは私の脳裡からいつ消えるともなく消えていた。たまたま疎開地で聞き知った故人となっている一人の偽作家の余り愉快でもない話が、日が経つにつれて次第に私の記憶の中で薄れて行ったのは、まあ自然の成行きであったろう。しかしもう一度だけ芳泉は、終戦後二年目に恰《あたか》も私が聞いた彼の物語に結末を附けるかの如く私の瞼《まぶた》に浮び上って来る機会を持ったのである。

夏であった。その時私は山陰のある県で開かれる綜合美術展を、地方文化の問題に絡んで取り上げて日曜紙面の記事にするために、一年何ヵ月振りかで岡山から米子へと中国山脈を横断する伯備線の汽車へ乗ったのであった。私が背負えるだけの荷物を持ってよく乗り降りした山巓の小さい駅のホームに汽車が入り、ホームの端に生えている丈高い雑草の株が高原の風に揺れているのが眼に入り、いつも小さい音を立てて砂をその下の道路へと滾《こぼ》していた赤土の崖が駅の西方に見えて来ると、私はふとひと汽車遅らせても目的地に着いてたいして支障のないことを思った。そして下車しようかしまいか暫く躊躇していたが、発車間際に網棚の鞄を引き浚《さら》うようにして、私はそのままホームへ飛び降りたのであった。時代が時代だっただけに、他の土地では味わえない雑多な苦しい思い出が、この土地には詰っており、家族が疎開した部落へは行かないでも、駅前の広場で、見知っている風景やこの部落の家並みを眼にして二時間程を過すのも悪くはないと考えたからであった。こんな機会に下車しない限り二度と下車する機会の廻って来そうな駅ではなかった。

　そしてもしかしたら顔見知りの部落の人にでも会うかも知れないと、そんなことを考えながら改札口を出て、一軒だけある駅前の飲食店へ行って休憩するつもりでその方へ歩いて行った時、いきなり私は背後から、

「集会場の衆じゃあないかね」

と、この土地特有の訛《なま》りのある言葉で呼びとめられた。振り返ってみると、ウランベという屋号で呼ばれていた小学校の横手の農家の次男坊で、いつも薪の世話をして貰っていた青年だった。

私はその青年とその場で立ち話をした。これから又百姓が搾《しぼ》られる時代になるんだと、幾分時局柄赤化しているような口調で、その青年は語った。彼は私たちの家族の消息も訊きもしなければ、部落民の誰のことにも触れず、時代への理由の解らぬ慷慨《こうがい》がこの山村の青年の頭を一途に燃えさせているようだった。

「村へ行くかね」

と彼は訊いた。行く暇がないので今日は行けないがみんなに宜敷く言ってくれと頼むと、夕方からここで戦後初めての花火が五カ村連合であるので、もう二時間もすれば、部落の連中は大勢見物にやって来るだろう。少しの事だからそれまで待っていたらどうかと教えてくれた。私はひと汽車遅らすつもりを、ふた汽車遅らせることにした。ここで村の人に会えるというのなら、会って疎開当時の礼を言っておきたいと思った。

私は三時から二時間程を、駅の待合室と駅前の飲食店で過した。駅前の広場の電柱には土地の青年が書いたと思われる花火大会の下手糞なビラが、何枚も赤インキをにじませて貼り付けられてあった。少し早かったが、五時頃私は、花火を打ち揚げる場所だと青年から教えられた駅から五、六丁北東の、だだっ広く拡がっている耕地の一角へと出掛けた。そこには川幅二間程の小川が流れており、その川の堤はそこだけが花火の打ち揚げ所には恰好な広場となっていた。なるほどここなら何の危険もない場所だと思った。

広場は夏草で覆われ、十数本の花火の筒が、三尺程の土管を立てた恰好で並んでいた。夏草の中に何本かの筒が顔を出しているその場の情景はふと私に塔婆でも立っているような妙な錯覚を呼び起させた。そしてその附近には五、六人の青年たちが腰を掛けており、子供たちがわいわい言いながらそれを取り巻いていた。私はそこで私たちが疎開していた部落の顔見知りの男と会った。その個処から一丁程離れた堤の上に、今夜の呼び物であるただ一本の仕掛花火が作られてあり、見物人はそれを見るために、そこから更に一丁程離れた鉄橋の下あたりに集まる筈だということで、部落の人たちも軈《やが》てそこへ顔を見せるだろうとその男は言った。

が、その見物の集まる場所と予定されている鉄橋の下附近には、時刻が早いためか、まだ一人の姿も見えなかった。そしてその鉄橋の上に、太陽はまだかなりの高さで留まっていた。

「五カ村連合と言っても、花火を打ち揚げるのは、わたしたちの部落だけなんです。原という花火造りの爺さんがいたので、それで青年たちが覚えたんです」

と、その男は言った。その時初めて知ったのだが、そこにいる青年たちは私の家族の疎開した部落の青年たちばかりであった。

「原芳泉ですね」

と私が言うと、

「よく知っていますね」

意外そうな相手の顔附だった。

「誰かその人をよく知っている人はありませんか」

「さあ、私も知っていますが、一人辰っさんという人で、原のおっさんの弟子みたいな人がいますよ」

そう言ってそれから辰っさんと呼ばれる四十年配の男のところへ私を連れて行った。私はこの男は全く見覚えがなかった。訊いてみるとその筈で、戦時中ずっと応召していて、去年の暮に漸くソ連から帰されて来たばかりだという話だった。ひどく不愛想な憤ったような口をきく男だったが、話していると、別段悪い男ではなさそうで、訥弁《とつべん》ではあるが話好きだった。彼は今日の花火の打揚げの総責任者というような地位にあるらしく、何かとそこにいる青年たちに采配を振っていた。

「原のおっさんの花火ってのは、好きで始めたもんでしょうから勿論素人芸でしょうが、早打ちは上手かったんじゃあないかと思いますね。町場の花火師のことは知りませんが」

と辰っさんは言った。そして話の途中で、そこに群がる子供たちを追い払うと、

「もう、よかろう、景気づけに二、三発揚げれや」

と青年たちに言った。私は花火を打ち揚げるのを見るのはこの時が初めてだった。青年の一人は紙包の中の少量の火薬を筒の中に投げ込むと、次に花火の玉を入れた。それから火縄で手に持っている固形の火薬に火を移すと、それをちぎって筒の中へ投げ込んだ。投げ込むと同時に、真上の陽のある空に白い煙は敲《たた》きつけられたように湧き起り、けたたましい音響が炸裂した。私はその操作の原始的なのに愕《おどろ》いた。

「原さんが桔梗色を出すために苦心していたというそうですが、貴方は知っていますか」

と、三発の音だけの花火が揚って仕舞うと、私は辰っさんに訊いてみた。

「知りませんね。尤もそう言えばそんな話を聞いたような気がしますが、しかし、はっきり記憶にありません」

と彼は言った。それから、

「自分があのおっさんの事で忘れられないのは、最後の打揚げの時です」

その原芳泉の最後の打揚げなるものが行なわれた晩、辰っさんは家へ帰ってみると、召集令状が来ていて、彼はその時応召してから去年の暮まで到頭外地で六年余りの歳月を送ることになったというのであった。そういう特殊な場合だったので、辰っさんにはその晩の芳泉の打揚げが特殊な感銘を持って未だに記憶されているのかも知れなかった。

そして、辰っさんはそれから一カ月足らずの間に華北の土を踏み、最初の駐屯地豊台で内地からの最初の手紙を受け取ったのであるが、その中の一本の友達からのものに、原芳泉の死が報ぜられてあったというのであった。

「原のおっさんが死んだということを知った時、自分は妙におっさんが可哀そうな気がしましたね。その時までおっさんのことをそんな風に考えたことはなかったんですが、ふいにやっぱり死ぬ人だったなと思いました。打揚げの時のおっさんは、考えてみると、どうも普通じゃあなかったですよ」

「普通じゃあないと言うと」

「そう言っちゃうと可笑しなものですが、とにかく、その晩のおっさんの姿は、今でも忘れないですからね」

と辰っさんは言った。

その最後の打揚げの花火というのは、二千六百年か何かの時のお祝いの花火で、今日のように近郷の何ヵ村かが共同主催で開いたもので、ここから二駅米子寄りの部落の小学校の校庭で開かれたものだと言う。その時原芳泉は、この地方では他に花火を弄れる者がないので、頼まれるままに自分が引き受けて、二ヵ月も前から部落の青年たちに手伝わせて、打揚げ花火の製造に当り、自分で現場へ出掛けて行って打ち揚げたものだということだった。

「どうせ素人花火ですから、曲はありませんが、早打ちは見事でした」

と辰っさんは、何年前かの早打ちの自慢をした。

その時は四寸玉の菊ばかり六十本用意して行き、辰っさんが花火の玉を手渡す役を受け持ち、芳泉がそれを受け取って一分間に二十発ぐらいの割で、それを筒の中へ投げ込んだというのである。

「大体、早打ちというのは、先のが上でぱあっと開いた時、下のが上に揚って行くぐらいが見頃で、それ以上間隔があくと間が抜けて来るんです。それにしても、その間隔を伸ばさないで玉を筒の中へ投げ込んで行くのはなかなか大変な仕事なんです」

それを、芳泉は三本の指を失っている手で見事にやって退けたというのであった。今日打ち揚げるこんなだだっ広い広場ではなく、学校の隣の役場の前から往来へかけて何千という見物が埋り、一寸この地方では珍しい賑やかさだったという。

打揚げ場は学校の校庭の鉄棒の横手へ作って、そこには芳泉と辰っさんと他に三、四人の青年がいるだけであった。早打ちというのは、次々に玉をぶち込むので、筒が瞬く間に真赤に焼けて仕舞い、筒を次々に替えなければならないが、芳泉はそんな動作も老人とは思われぬ素早さであったという。そして何の支障もなく六十本の菊を揚げ終った時、芳泉は身を屈《かが》めて同じ動作を繰り返していたので、急に身を真直ぐにすることが出来なかったらしく、身を屈めたなりの姿勢で、芳泉は自分の手で打揚げる花火を打揚げている間振り仰いで見る暇はなかったのであった。

「どうだ、綺麗だったか」

と辰っさんに訊いたそうである。

そして辰っさんが、見事だったと答えると、身を屈めたまま地面に腰を下ろし、六十七歳の年齢にはさすが烈しい労働だったと見えて、息をはあはあ弾ませながら、後は何とも言わずじいっと頭を垂れていたというのである。そして暫くしてから、

「見物は、随分わあわあ言っていたらしいなあ」

と辰っさんに彼の方は見ないで言った。観衆のどよめきは、玉を芳泉に手渡していた辰っさんにも、その芳泉の言葉で初めて覚え出されたくらい、一瞬間前のことすべてが辰っさんには夢の中の出来事のように思われたが、恐らく芳泉もそのような夢幻の世界へ身を置いていて、打揚げが終ってから、初めて見物人のどよめきが微かに彼の心に蘇って来たのであろうということであった。

辰っさんがその夜の芳泉のことが強く印象に残ったと言ったが、その話を聞いた私もまた、話を聞きながらその時の芳泉を思い浮べて、そんな芳泉にはやはりなんとなく心を打たれた。私は煙草を取り出すと、それを辰っさんの方へ差し出した。どうもと言って、辰

っさんはそれから一本を抜き取ると、シャツのポケットに入れ、

「ここでは喫《の》めないんです」

と言った。私はうっかりしていたと思って、直ぐ煙草を仕舞った。そして、芳泉が亡くなってから七年になるでしょうと言うと、

「そうです、三十四の時応召した私が現在四十ですからね」

そう言って、辰っさんは何ということなしに笑った。そして、

「あのおっさんも——」

と言いかけて口を噤《つぐ》むと、そろそろ村の連中も集まって来ますよと言った。鉄橋の方を見ると、成程、その鉄橋の方へ向けて、三々五々幾つかの小集団が田圃の畔道を通ったり、線路を伝わったりして集まりつつあるのが見えた。気を附けてみると、人々は筵《むしろ》とか莫蓙《ござ》とか風呂敷包とかそんなものを抱えており、ひどくのろのろと動いているように見えたが、子供たちだけは走っていた。

あのおっさんも——、そう言ったまま口を噤んだ辰っさんと別れて、私は久しぶりで疎開地の部落の誰彼と会うために、鉄橋の方へ小川の堤の上を歩いて行った。平原の西の果ての、赤土の崖のある低い丘陵にいつか陽は落ちようとしていて、赤い夕陽の箭《や》が殆ど水平に、私の行手の平坦な耕地の上に投げられていた。

辰っさんが何を言おうとしたか、私はその後を聞かないでも何か判っているような気がした。芳泉未亡人と私の妻が、共通の理解の仕方で芳泉の持っているものに嫌気を感じたと同じように、私と辰っさんは、少なくとも二人だけはやはり同じ向い方で、最後の打揚げの夜の芳泉にはっきりと正体は判らぬながらも惹かれているのではないかと、そんな事を考えながら私は歩いて行った。

偽作家原芳泉について私の知っていることは以上のようなことである。その総てが人から聞いた断片的な話ばかりである。しかし私の心の中には、一人の偽作家の六十七年の生涯の映像が、そうした断片的なものを繋ぎ合せることに依って暗く冷たい一本の流れのようなものとしていつか形成されているのであった。そしてその一本の流れは、原芳泉という人物がどうしてもそうした生き方をしなければならなかった持って生れた本質的なものの、韻律というものの全くない考えても遣り切れない暗いどろどろした展開であった。遣り切れないものであったが、それだけに又そこに妙な業《ごう》のような悲しみもあって、人間の哀れさというものを思う時、私には何となく妻に匿れてこそこそと偽作の筆を動かし、妻に見附からぬようにこっそりと火薬を紙に捻って火を点けている痩せ形の色の浅黒い陰気な無気力な容貌を持っている（私はいつかそうした人間として芳泉を考えていた）人間のことが思い出されて来たものである。

しかし、桂岳の唯一の自筆資料の中に、この人物が登場しているのを知った時、私は全く別種な感慨に打たれた。一世を風靡《ふうび》した画人桂岳と自分の打ち揚げた花火も見ず観衆のどよめきに背をむけ続けていた芳泉が人生の出発点において同一地点に並んでいたということは何という皮肉なことであろうか！　この事実を知った時、私には初めて芳泉の生涯が暗いどろどろした芳泉という人間の持って生れて来たものの展開ではなく、一人の天才との接触に於て相手の重さに打ちひしがれて、自らを摩滅した凡庸な人間の悲劇を見たように思った。今までこの一偽作家の生涯に感じていた暗い運命的な手触りは消えて、もっと人間的な悲劇の色彩を帯びて、原芳泉なる人物は私の前に現われて来たのである。

もし、原芳泉が大貫桂岳と友達でなく親しい交りを持っていなかったら、芳泉の生涯はもっと別のものであったかも知れないと思った。原芳泉はいつかは画壇に出て、官展の無鑑査の端っこぐらいに、吾々に記憶されるかされないぐらいの名を出していたかも知れない。私は何故か原芳泉の不幸な生涯に大貫桂岳が大きい役割をしているような気がしてならないのであるが、これは私の独断的な見方であろうか。

明治三十年前後のつまり自筆の日記時代の桂岳を、雲を得て天に昇りつつある蛟竜《こうりょう》とすれば、原芳泉はさしずめ、その強烈な栄光のあおりを喰って転落する以外仕方がなかった無力な一匹の地虫ではなかったか！

銀牌を持って酒を酌み交しに来た桂岳の前で、二十代の芳泉がどんな坐り方をしていたであろうか。襖に書かれた桂岳一流の豪快な文字を、外出から帰った若い芳泉はどんな表情で眺めたであろうか。

弱気な、そのくせ競争心の強さを現わしている小さい眼、神経質で嫉妬深い細っそりとした顎と口許、そして老いるに従って黒い斑点の滲み出して来る皮膚と、禿げ上る宿命を持った額（今やそう私は芳泉の容貌を訂正しているのだが）――そうした人物の暗く長い生涯の悲劇は明治三十年から三十二年の夏までの間に、徐々に、しかし根強くその出発を用意しつつあったのであろう。

原芳泉についての詮索は一先ずこれでやめる。私は大貫桂岳の「富岳」の大作をその期の第一作として彼の画壇的位置を決定づけた中期の精力的な活動へと彼の伝記の筆を進めなければならぬからである。

私が桂岳の伝記の筆を執らないで、天城の山肌を見詰めていたこの二日間に、庭の隅の赤い百日紅《さるすべり》の花は急にその古風な紅の花を少なくし、それに替って白い百日紅がいっせいに咲き盛り出し、気のせいか天城の稜線の上に四六時中湧き起っていた夏雲は、見えるか見えないぐらいに移動している秋の雲に変っていた。暦を見ると立秋であった。

私は原芳泉描く桂岳の偽作「花鳥」と「狐」の二点の軸が、既に秋の気が充し始めているあの中国山脈の尾根の部落の二軒の農家の床に今も懸かっているであろうことを思い出し、いつか感じた悠久な思いが、この瞬間もまた再び私を捉えた。それは桂岳と芳泉に関係ある事であって、しかもその二人に無関係なある一つの小さい事実を持っている生命《いのち》であった。そこではもう本物も偽物も何の意味も持たないようであった。私は秋になったら京都へ出て大貫卓彦と酒でも飲みながら彼の知らない芳泉の面でも語ろうと考えながら、暫くその、きらりと冷たく光る一片の思いの中に浸っていた。

解説

米澤穂信

殊に愛する井上短篇を思い返せば、指折り数えるのは「崑崙の玉」、「異域の人」、「補陀落渡海記」、本朝唐土を問わず歴史に材を取った傑作群である。いずれ劣らぬ、評価の定まった小説であり、これらを挙げるのは至極まっとうな選択であろう。しかしその一方、私には、恐ろしさに打ちのめされ、記憶に深く刻み込まれた井上靖の短篇がいくつかある。その筆頭が「満月」だ。

社長のご機嫌取りから新社長にまで昇りつめた男の、権力への執着と転落を、月の光をライトモチーフとして描いた小説である。その結末において社長引退を強いられた男は、野球部の後輩でもある腰巾着に「社長の球は受けにくかったですな。――ちょっと、あれだけ速い球はない」と追従を言われて、昔日の栄光を思い出す（実はそこに小説的な工夫が施されてもいる）。彼は乗っていた車から降りて、野球では有名だった腰巾着でさえ受けかねた速球をもういちど投げるため、月明かりの下でピッチングのモーションをつける。おそらく彼には、自分の指から放たれたボールが、若き日と同じように風を切って飛ぶ様が見えていたことだろう。だが他人からは、こう見えていた。

――「一人の老人が変な恰好で痩せた腕を振り廻している」

幽鬼でも踊っているかのようだ、と。

老人に幽鬼の踊りを踊らせたのは、彼の執着、未練であっただろう。だがそれだけではない。自分はたしかに社長職を失ったが、かつては栄光に包まれていたのだという誇りでもあったはずなのだ。井上靖は、その小さな誇りを、醜くもあわれな踊りとして描き出した。私はこれが怖かった。月夜に不可視のボールを投げる老人の姿は、私の脳裏から去らなかった。

今回、サスペンスというテーマで井上短篇を編むと聞き、そういう光の当て方があったかと思った。往年の大作家がミステリやサスペンスに類するものをしばしば書いたというのは広く知られたことだが（河出文庫から出ていた『文豪ミステリ傑作選』や中公文庫の『開化の殺人』など、そうした小説を集めたアンソロジーも多い）、井上靖とサスペンスという言葉は、自分の中では結びついていなかったのだ。だが言われてみればなるほど、ありうべき切り口である。そこでさっそく冒頭に置かれた「殺意」を読んで、私は思わず「あ」と声を洩らした。

「殺意」は、東京に出て落魄した女の小説だ。ヒモにまとわりつかれ、正体のあやしい酒場に売られようとしていた女に「殺意」を抱かせたものは何であったか。それは、思いがけない出来事で人の役に立ち、一個の人間として褒められ感謝されることで彼女が取り戻した、誇りではなかったか。

私は、かつて井上靖の小説に感じた恐ろしさを、卒然として思い出した。誇り……この良しとされるものが、「満月」では老人に幽鬼の踊りを踊らせ、「殺意」では若い女に、まさに殺意を抱かせる。私にはこの二篇の小説において、同じものが異なる顕れ方をしたと思った。そして誇りとはprideであり、prideはカトリックにおいて大罪の一つであることを連想せずにはいられなかった。いったいどのような価値観、人生観が、作家をしてこうした小説を書かしめたのだろうと考えれば、索漠とした思いは胸を去らない。

もとより井上靖という作家は、私にとって一つの、大いなる謎だ。

井上靖の歴史小説は、たとえそこに情愛や欲望が絡みついていたとしても、どこか清潔だ。一方で現代小説はしばしば俗悪を描き出して、言ってみれば世俗の垢にまみれたようなところがある。

本書で言えば、「ある偽作家の生涯」は、清潔な小説だ。高名な日本画家の伝記編纂を任された元記者が画家の生涯をたどるうち、画家と贋作者の間に交流があったことを知る。思いがけない繋がりから、元記者は贋作者の生涯を知っていく。贋作に手を染めた男の生涯がいかに汚辱にまみれ、その生活が陰惨であったとしても、それらはすべて終わったことだ。過去は封じられ、現在に残るのは「文展無鑑査ぐらいには行く」絵と、贋作者が最後に心血を注いだ、花火の技だけ。小説には寂寥と哀感がただよう。

一方で、たとえば「春の雑木林」は、俗悪が描けなければ意味をなさない小説である。おそろしく浅い思慮で人を殺した男が、女の部屋に駆け込んでくる。女は男に愛想を尽かしながら、「一緒に逃げてくれ」「死ぬんだ」と縋る男にこれまでにない愛情を覚え、死に場所として、自分の故郷の近くを提案する。男の愚かさ、女の肝の座った一途さ、思い出の中の故郷と現在の故郷、世俗の風俗と人情が生々しく描かれる。

清潔と俗悪、どちらかに筆の冴えを見せる作家は多い。ただ、清潔をよく描く作家が俗悪を書いた場合、塗炭の苦しみも人間悪も、頭で作り出したような、どこかで聞いたような、上滑りしたものになっている場合がなくもない。同様に、俗悪を描くことに長けた作家が清潔を書いた時、どことはいえずせせこましさが漂って、こうではなかろうと首を傾げてしまうことが、ないとは言えない。

それが悪いとは思わない。清潔と俗悪は、作家に要求する資質がまったく違うのだ。清潔を描くことに長けた作家は清潔でもって、俗悪を描くことに長けた作家は俗悪でもって優れた小説を書くならば、それで何の不足もない。手に合わない作風に無理に取り組み、気息奄々ようやく何かを書き上げたとしても、せいぜい何でも書けるという器用さ自慢になるぐらいで、小説としての達成からはむしろ遠ざかるだろう。だが井上靖において、清潔と俗悪はどちらも一切の無理なく成立している。一人の作家において、若い頃は書けなかったものが年を経て書けるようになったり、逆に若い時期にしか書けないものがあったりすることは珍しくない。しかし井上靖はほぼ同時期に（本書に収録された短篇は一九五〇年から一九五四年の五年間に集中して書かれている）、清潔も俗悪も書き分けている。

なぜ、このようなことが可能だったのか。生まれや育ち、従軍や記者の経験から井上靖の小説の幅を説明することは、難しいことではないだろう。しかし、どれほどうまく理由づけしても、それらは外から見た結果論のこじつけに過ぎない。作家の内側の何がその小説を生じせしめたのか、本当の意味で説明できる人は——作家自身を含めて——誰もいまい。ただ井上靖は後年この時期を振り返り、こう書いている。

「二十年ほど経ってみると、文学作品にも、中間小説にも、読物にも、さして区別は感じられません。慌しく締切に迫られて書いたものでも生命のあるものは生きており、正面から取組んで推敲に推敲を加えたものでも、生命ないものは、正直なものでむざんな屍を曝

して横たわっていると思いました。」（『井上靖全集　別巻』所収自作解題より）

肝心なのは文学であるか読物であるかではなく、ただひたすらに、小説に生命があるか否か。やはりそこか、と襟を正したくなる思いがする。

以下、各個の収録作について、蛇足ながら思いついた瑣事を記して解説に代える。

「殺意」

とみ枝に運命の変転をもたらすことになる修学旅行の一団が上野駅に着いたのは、午後六時五十五分のことだ。一方、「殺意」を抱くことになるのは、約束の八時から一時間近く過ぎた頃とある。つまり、とみ枝の人生は、わずか二時間足らずで変わってしまったのだ。彼女が二時間で変わったというよりも、彼女自身の中に知らず燻っていたものにとうとう火をつけたのが、この二時間だったのだろう。

「投網」

井上靖は若年の一時期に伊豆で暮らしており、伊豆の風土は幾度も小説に登場する。この短篇集の中でも、「投網」「驟雨」「春の雑木林」「斜面」が伊豆を舞台にしており、「雷雨」もおそらくは伊豆であろう。小説の最後、主人公は「憮然たる思い」にとらわれる。

「憮然」は近年「むっとする」「ふてくされる」意にも使われることがあるが、ここではむろん、元の意味である「失意でむなしくやり切れない思いでいる」方だと解釈しなければ、小説がわからなくなる。読後、重い石のようなものが胸に残る傑作。

「驟雨」

不倫と婚外子というテーマは、当時の小説では一般的過ぎるほどに一般的なものだ。どうしてあらゆる作家があらゆる機会をとらえて不倫について書くのか首をかしげるほどで、その理由は、結婚と家庭に関する文化史から読み解いていかねばならないだろう。「驟雨」は視点人物に無垢なる男児を置き、道具立てにトランプという遊戯を置くことで特異な小説となっている。主人公の少年が他家の秘事に触れられるのは、可愛がられているからではなく、物の数に入れられていないからに過ぎない。そのため、主人公が成長し中学に上がると、小説は終わる。無垢なる時期は終わったのだ。

「春の雑木林」

この小説は殺人犯と逃亡する女と、その女の同級生であった男の物語であり、当の殺人犯は滑稽なまでに後景へと追いやられている。幼い頃の小さな記憶が逃亡者を追い詰めもし、また救いもするという対比が面白いが、しかし無論、小説の最後で描かれるように、そのような小さな記憶で何かを本当に解決することは出来ない。郷愁と現実の対決もまた、井上靖においては幾度も現れる。

「傍観者」

清潔と俗悪が絡み合う、本書中の白眉。そこにたしかに愛があるというのに、一方は学問の高みへと昇ってゆき、一方は世俗の泥に際限なくおぼれて、二人の距離はどこまでも離れてゆく。小説の転回点は女の結婚というよりも、男が戦地で直面した激戦であっただろう。何百名もの戦友の屍から立ち上る煙を見つめ、幾千幾万の弾丸を飲み込んだ黄河で体を洗った時、男は女への憎悪を忘れた。それゆえに彼は血まみれになっても愛を追う資格を失って、永遠に傍観者になったのだ。

――詩人でもあった井上は、第一詩集『北国』に収められた散文詩「瞳」において、自身を傍観者だと位置づけている。そしてその唯一の例外が、（おそらくは日中戦争に従軍した兵士として）永定川に臨んだ折の「生命惜しからぬ戦いの陶酔」であったと書いてもいる。

これでは、小説「傍観者」の、まるで鏡写しではないか。井上は大陸の大河に臨んで戦いに陶酔し、「傍観者」の主人公は、まさしくそこで、人生の傍観者となった。著者自身の人生とその小説とを安易に重ね合わせることは慎むべきだが、しかし、偶然や思いつきで片づけるには、あまりに意味ありげな符合と言えよう。

もう一点、作中で女が作った下の句「チリテノハナハイカガカザサメ」について中公文庫編集部に教えを乞うたところ、「カザサメ」は「挿頭《かざ》す」の已然形ではないかとお教え頂くと共に、本来「イカガ」を受けた係り結びでは「カザサム」と連体形になるべきところ、短歌に疎い人物が戯れに書きつけたために文法が乱れてしまったのだろうかという解釈を頂いた。

それを踏まえるとこの下の句は、

散りての花はいかが挿頭《かざさ》め

であり、文法をいったん脇に置いて見るならば、

散ってしまった花をどうして髪に挿せようか

というほどの意味になろう。心情を伝えて有り余る。

「斜面」

井上靖の初めての小説「猟銃」に書かれたことを真に受けるならば（小説家が小説に書いたことを真に受けるのは間が抜けているような気もするが、とりあえず敢えてそうするならば）、井上靖自身に狩猟の経験はない。泉鏡花の初期作品を思わせるような、どこか観念的で、だからこそのさびしい美しさがある。

「雷雨」

「満月」と並んで、かつての私に井上靖の恐ろしさを知らしめた短篇。舞台が伊豆だと明記されてはいないが、「山葵沢の仕事」とあることから、これもやはり伊豆の話だと考えていいだろう。この小説に登場する魁太は、「春の雑木林」に登場する嘉十とほとんど同一人物である。俗悪の極みのようなこの二人には特定のモデルがいたような気もするが、一方、人に絡むことでしか人と関われない彼らのような人間は、時代や場所を問わず、別段珍しくはないような気もする。小説の最後には、そのようにしか生きられないとしても、それもまた化け物ではなく人間のありかたなのだという、やりきれなさが漂っている。

「二つの秘密」

不倫と婚外子というテーマはここにおいてさらに練られており、作り込まれた構造は美しく、どこか神話的な雰囲気さえ漂わせる。この小説は一九五五年の『オール讀物』新年特別号に掲載され、その発行日は一月一日となっているから、実際に小説を書いたのは一九五四年だろう。本書収録の「殺意」「投網」「驟雨」「春の雑木林」が、同じ一九五四年に書かれている。サスペンスのある小説が一年の間に集中的に書かれたという事実には興味をそそられる。

「ある偽作家の生涯」

「傍観者」と並ぶ、本書随一の傑作。贋作者が花火の色として追求する「桔梗色」は、青みがかった紫で、暮れきらない宵の空の色に似る。たとえば宮沢賢治は、夜空の描写として「桔梗色」を幾度も使っている。つまり贋作者は、夜空に夜の色の花火を打ち上げるために骨身を削っていたのだと考えれば、その努力が作中で「嫌あね」と評された理由の一端が少しわかるような気もする。

井上靖はこの短篇について、「澄賢坊覚書」「玉碗記」と並んで、「どこかに知的な装いと組立てを持ったものを、私は堪まらなく書きたくなっており、それをこの三篇の作品に於て試みたということになります。」と書いている（前掲自作解題）。してみると本作は、後の偉大な歴史小説家井上靖の第一歩であったと言えるのかもしれない。画家と贋作者というテーマでは、「ある偽作家の生涯」の二年後に「大洗の月」という短篇が書かれている。「ある偽作家の生涯」とは好対照を成す、涼やかな好篇だ。併読をお勧めしたい。

（よねざわ・ほのぶ／作家）

初出一覧

殺　意　「別册文藝春秋」一九五四年七月
投　網　「知性」一九五四年十一月号
驟　雨　「オール讀物」一九五四年四月号
春の雑木林　「小説公園」一九五四年五月号
傍観者　「小説新潮」一九五一年五月号
斜　面　「別册文藝春秋」一九五一年七月
雷　雨　「中央公論文芸特集」第五号（一九五〇年十一月）
二つの秘密　「オール讀物」一九五五年一月号
ある偽作家の生涯　「新潮」一九五一年十月号

編集付記

一、本書は一九五〇年代前半に発表された著者のサスペンス小説を独自に編集したものである。中公文庫オリジナル。

一、本書は新潮社版『井上靖全集』第二巻〜第四巻（一九九五年）を底本とした。底本中、明らかな誤植と考えられる箇所は訂正し、難読と思われる語には新たにルビを付した。

一、本文中、今日の人権意識に照らして不適切な語句や表現が見受けられるが、著者が故人であること、発表当時の時代背景と作品の文化的価値に鑑みて、底本のままとした。

中公文庫

殺《さつ》 意《い》

――サスペンス小説集《しょうせつしゅう》

2022年8月25日　初版発行

著　者　井《いの》上《うえ》　靖《やすし》

発行者　安部 順一

発行所　中央公論新社

〒100-8152　東京都千代田区大手町1-7-1

電話　販売 03-5299-1730　編集 03-5299-1890

URL https://www.chuko.co.jp/

ＤＴＰ　嵐下英治

印　刷　大日本印刷

製　本　大日本印刷

Published by CHUOKORON-SHINSHA, INC.

Printed in Japan　ISBN978-4-12-207242-8 C1193

定価はカバーに表示してあります。落丁本・乱丁本はお手数ですが小社販売部宛お送り下さい。送料小社負担にてお取り替えいたします。

各書目の下段の数字はISBNコードです。978－4－12が省略してあります。

中公文庫既刊より

い-37-6
晩夏　少年短篇集
井上　靖

二度と戻らぬ、あの日々――。教科書名短篇「帽子」「赤い実」ほか、少年を主人公とする珠玉の十五篇。文庫オリジナル。〈巻末エッセイ〉辻　邦生・椎名　誠

206998-5

い-37-7
利休の死　戦国時代小説集
井上　靖

桶狭間の戦い（一五六〇）から本能寺の変（八二）、利休の死（九一）まで戦国乱世の三十年を十一篇の短篇で描く、文庫オリジナル小説集。〈解説〉末國善己

207012-7

あ-96-1
昭和の名短篇
荒川洋治 編

現代詩作家・荒川洋治が昭和・戦後期の名篇を厳選。志賀直哉、高見順から色川武大まで全十四篇を収録した戦後文学アンソロジーの決定版。文庫オリジナル。

207133-9

ち-8-1
教科書名短篇　人間の情景
中央公論新社 編

司馬遼太郎、山本周五郎から遠藤周作、吉村昭まで。人間の生き様を描いた歴史・時代小説を中心に中学教科書から厳選。感涙の12篇。文庫オリジナル。

206246-7

ち-8-2
教科書名短篇　少年時代
中央公論新社 編

ヘッセ、永井龍男から山川方夫、三浦哲郎まで。少年期の苦く切ない記憶、淡い恋情を描いた佳篇を中学教科書から精選。珠玉の12篇。文庫オリジナル。

206247-4

ち-8-9
教科書名短篇　家族の時間
中央公論新社 編

幸田文、向田邦子から庄野潤三、井上ひさしまで。かけがえのない人と時を描いた感動の16篇。中学教科書から精選する好評シリーズ第三弾。文庫オリジナル。

207060-8

ち-8-10
教科書名短篇　科学随筆集
中央公論新社 編

寺田寅彦、中谷宇吉郎、湯川秀樹をはじめ、岡潔、矢野健太郎、福井謙一、日高敏隆七名の名随筆を精選。国語教科書の名文で知る科学の基本。文庫オリジナル。

207112-4

各書目の下段の数字はＩＳＢＮコードです。978－4－12が省略してあります。

ま-12-25
黒い手帖
松本　清張
戦後最大の大衆作家が、馴染み深い作品を例に取りながら「推理小説の発想」を語り、創作ノートを公開する。推理小説の舞台裏を明かす「推理随筆集」！〈解説〉権田萬治
204517-0

ま-12-29
古代史疑　増補新版
松本　清張
邪馬台国をめぐる論争点を詳述し、独創的推理によって大胆な仮説を提示した清張古代史の記念碑的著作。当時随一の研究者との貴重なシンポジウムを初収録。
206364-8

ま-12-6
突風
松本　清張
貞淑な人妻の胸を吹き抜けた突風。日常性の中にひそむ陥穽——。小説技巧と人間洞察の深さが生む著者の思い出深い初期短篇傑作集。〈解説〉三好行雄
200079-7

ひ-1-2
女の家
日影　丈吉
妾宅の女主人の死は事故か自殺か、それとも他殺か。女と男の語りが明かす意想外の真相とは。澁澤龍彦、種村季弘に愛された著者の代表作。〈解説〉堀江敏幸
206937-4

ひ-1-3
応家の人々
日影　丈吉
昭和十四年、日本統治下の台湾、名家の美女の周辺で不審死が相次ぐ。内地の中尉が台南の町々をめぐり事件の謎を追う妖しい長篇ミステリ。〈解説〉松浦寿輝
207032-5

た-43-2
詩人の旅　増補新版
田村　隆一
荒地の詩人はウイスキーを道連れに各地に旅立った。北海道から沖縄まで十二の紀行と「ぼくのひとり旅論」を収める〈ニホン酔夢行〉。〈解説〉長谷川郁夫
206790-5

た-24-3
ほのぼの路線バスの旅
田中小実昌
バスが大好き——。路線バスで東京を出発して東海道を西へ、山陽道をぬけて鹿児島まで。コミさんのノスタルジック・ジャーニー。〈巻末エッセイ〉戌井昭人
206870-4

い-2-7
浪漫疾風録
生島　治郎
『ＥＱＭＭ』編集長を経てハードボイルド作家になった著者の自伝的実名小説。一九五六～六四年の疾風怒濤の編集者時代と戦後ミステリの草創期を活写する。
206878-0

い-2-8
星になれるか
生島　治郎
直木賞受賞、睡眠薬中毒、そして再起へ。一九六四〜七八年の綺羅星の如き作家たちの活躍を描く戦後ミステリ裏面史。『浪漫疾風録』完結編。〈解説〉郷原　宏
206891-9

と-37-1
片隅の人たち
常盤　新平
直木賞受賞作『遠いアメリカ』に連なる自伝的連作集。出版界の片隅に生きる翻訳者たちを青年編集者の視点から描く。エッセイ二篇を増補。〈解説〉青山　南
207020-2

よ-13-13
少女架刑　吉村昭自選初期短篇集Ⅰ
吉村　昭
歴史小説で知られる著者の文学的原点を示す初期作品集（全二巻）。「鉄橋」「星と葬礼」等一九五二年から六〇年までの七編とエッセイ「遠い道程」を収録。
206654-0

よ-13-14
透明標本　吉村昭自選初期短篇集Ⅱ
吉村　昭
死の影が色濃い初期作品から芥川賞候補となった表題作、太宰治賞受賞作「星への旅」ほか一九六一年から六六年の七編を収める。〈解説〉荒川洋治
206655-7

よ-13-15
冬の道　吉村昭自選中期短篇集
吉村　昭
池上冬樹　編
透徹した視線、研ぎ澄まされた文体。『戦艦武蔵』以降、昭和後期までの「中期」に書かれた作品群から、吉村文学の結晶たる十篇を収録。〈編者解説〉池上冬樹
207052-3

よ-13-16
花　火　吉村昭後期短篇集
吉村　昭
池上冬樹　編
生と死を見つめ続けた静謐な目は、その晩年に何をとらえたか。昭和後期から平成十八年までに著された、遺作「死顔」を含む十六篇。〈編者解説〉池上冬樹
207072-1

そ-3-14
ビショップ氏殺人事件　曽野綾子ミステリ傑作選
曽野　綾子
日下　三蔵　編
ミステリ分野でも手腕を発揮した作家・曽野綾子の真価。江戸川乱歩に称賛された表題作をはじめ、サスペンスと心理描写に優れた異色作六篇をセレクトする。
207155-1

あ-94-1
狂った機関車　鮎川哲也の選んだベスト鉄道ミステリ
鮎川　哲也　選
日下　三蔵　編
戦前の本格推理から、知られざる作家の佳品まで、鉄道を舞台にしたミステリのアンソロジー。短・中篇の読みやすさ、懐かしさと新鮮さが共存した全七作。
207027-1

各書目の下段の数字はISBNコードです。978－4－12が省略してあります。

ち-8-11　開化の殺人　大正文豪ミステリ事始
中央公論新社 編
佐藤、芥川、里見に久米。乱歩が耽読した幻のミステリ特集が、一〇四年の時を超えて甦る！「犯罪と怪奇への情熱」に彩られた全九篇。〈解説〉北村 薫
207191-9

ち-8-8　事件の予兆　文芸ミステリ短篇集
中央公論新社 編
大岡昇平、小沼丹から野坂昭如、田中小実昌まで。非ミステリ作家による知られざる上質なミステリ十編を一冊にした異色のアンソロジー。〈解説〉堀江敏幸
206923-7

の-17-1　野呂邦暢ミステリ集成
野呂 邦暢
「失踪者」「もうひとつの絵」「剃刀」など中短篇八編とエッセイを併せて年代順に収録。推理小説好きを自認した芥川賞作家のミステリ集。〈解説〉堀江敏幸
206979-4

い-35-20　十二人の手紙
井上ひさし
転落した修道女の身も心もボロボロの手紙や家出少女の手紙など、手紙だけが物語る笑いと哀しみがいっぱいの迫真の人生ドラマ。新装改版。〈解説〉扇田昭彦
205103-4

お-64-2　雪の階《きざはし》（上）
奥 泉 光
昭和十年。華族の娘、笹宮惟佐子は、富士の樹海で陸軍士官と共に遺体で発見された親友の心中事件に疑問を抱く。二人の足どりを追う惟佐子の前に新たな死が。
206999-2

お-64-3　雪の階（下）
奥 泉 光
親友の死は本当に心中だったのか。謎と疑惑と陰謀が、陸軍士官らの叛乱事件と絡み合い、スリリングに幻惑的に展開するミステリー。〈解説〉加藤陽子
207000-4

フ-17-1　エミリーに薔薇を
フォークナー
高橋正雄 訳
ミステリの古典にも数えられる表題作ほか「あの夕陽」「ウォッシュ」など代表的な短篇全八篇。巻末に中上健次の講演「フォークナー衝撃」他一篇を収録。
207205-3

チ-3-3　狩場の悲劇
チェーホフ
原 卓也 訳
殺人事件をめぐる小説原稿に隠された秘密と、読み終えてなお解け残る謎。近代ロシア文学を代表する作家が残した恐るべき大トリック。〈解説〉佐々木敦
207224-4